Charles Bukowski · Letzte Meldungen

CHARLES BUKOWSKI

LETZTE MELDUNGEN

Gedichte

Herausgegeben und übersetzt
von Carl Weissner

ZWEITAUSENDEINS

Deutsche Erstausgabe.
1. Auflage, Dezember 2007

Lektorat: Carl Weissner, Mannheim.
Einbandgestaltung: Johannes Paus, Wallerstein.
Satz und Herstellung: Dieter Kohler GmbH, Wallerstein.
Gesamtherstellung: Kösel GmbH, Krugzell.
Printed in Germany.

ISBN 978-3-86150-792-5

I Der Mississippi bei Nacht

WEDER SHAKESPEARE NOCH MICKEY SPILLANE

Dreh die Zeit zurück: Schau, da bist
du wieder, am Anfang; lebst von einem
Schokoriegel pro Tag, in der
billigsten Bude weit und breit –
willst Schriftsteller werden, kein großer
nur einer, der Geld dafür kriegt und
davon lebt und kein Auto braucht
keine Freundin; nicht jeden Tag zur
Arbeit erscheinen müssen, nur
Schriftsteller sein, es raus-
pumpen, Tag für Tag, Tag und Nacht
die Wörter brühwarm auf dem Papier
zweieinhalb Cents fürs Wort, fünf –
egal, alles wär dir recht.
Stories für Schundmagazine, für Sex-
Postillen (die tollen Eskapaden eines
Langstreckenfickers), und gleichzeitig
schickst du deine ernsthaften Sachen
an *Poetry, a Magazine of Verse.*

Der Schokoriegel war das Brot und
der Wein dein Blut und die langbeinigen
langmähnigen Girls wurden fortgeschickt
damit du es schreiben und ihnen anbieten
konntest, den Schundheftchen und Sex-
blättchen und denen von *Atlantic Monthly*
Harper's und *Esquire* und *New Yorker;*
diesen eiskalten Knackern, die dir alles
wieder zurückschickten und nichts als
clever gequirlten Quark druckten.

Jung, jung, was warst du jung, es
ging dir nur um das Wort, halb kirre
in den Straßen, den Bars; brutale
Schlägereien, zerdepperte Gläser;
Weiber, die durchdrehten und los-
kreischten in deinem billigen
Zimmer; und du warst ein vertrautes
Gesicht in der Ausnüchterungszelle,
North Avenue 21, Lincoln Heights.

Hast den Irrsinn durchstöbert auf
der Suche nach dem Wort, der Zeile,
dem Weg; auf einen Scheck gehofft
von irgendwoher; davon geträumt
daß dir ein berühmter Chefredakteur
schreibt: »Chinaski, Sie ahnen nicht
wie lange wir schon auf einen
wie Sie warten!«

Keine Chance. Null.

Nach Jahren, nach fünf Stories und
zwanzig Gedichten pro Woche, sah es
so aus, daß weniger geschrieben und mehr
getrunken wurde; es gab mehr durchgeknallte
Frauen, mehr Geschrei und zer-
depperte Gläser, unnachsichtige
Vermieter und schließlich, klar –
die Polizei.

Und du, größer, stärker unterwegs in
deinem geistigen Gebirge, sturz-
besoffen, hast sie angeschrien:
*»Ihr könnt mich kreuzweise! Ich bin
ein Genie!«*

Hände auf den Rücken, die Handschellen
wie immer zu fest, der jähe brutale
Schmerz, wenn der Stahl ins Hand-
gelenk schnitt. »Halt die Klappe, du,
oder ich mach sie dir dicht!«

Dreh die Zeit zurück, und da bist du
vor 36 Jahren, und eine größere
interessantere Zeit hat es nie
gegeben. Wie du damals an dich
geglaubt hast, das findet man
heute nicht mehr.

Am schlimmsten war immer, wie deine
jeweilige Gefährtin geheult hat,
jämmerlich besoffen, die Haare
im Gesicht ...

»Laßt sie gehn, Jungs, sie hat
nichts gemacht, ihr müßt sie nicht
einbuchten, sie ist mir bloß
nachgelaufen.«

»Verdammt, du sollst die Klappe
halten!« kam es von dem Cop.
Er stieß dich durch die Tür und
schubste dich so heftig die Treppe
runter, daß du nur mit Mühe
verhindern konntest, auf dem Gesicht
zu landen. Genau darauf hatte er
es abgesehen; mit den Händen auf dem
Rücken hättest du den Sturz nicht
abfangen können ...

Prompt hast du losgelegt mit
»My Heart is a Hobo …«
und gehört, wie der wütende Cop
im Dunkeln fluchte, während sie
dich in Empfang nahmen.

Dabei wolltest du nur zweieinhalb
oder fünf Cents pro Wort. Herrgott-
nochmal, was hast du dich danach
gesehnt, Schriftsteller zu sein,
egal welche Sorte.
Wieso hat das keiner verstanden.

KRALLEN

Die Krankenschwester
musterte mein Gesicht.
»Arbeiten Sie in ner Fabrik?«
»Nein«, sagte ich.
»Dann ist das nicht bei der
Arbeit passiert?«
»Nein. Ich bin arbeitsscheu.«
»Wie ist es dann dazu
gekommen?« wollte sie wissen.
»Es war eine Frau«, erklärte ich
ihr. »Mit den Fingernägeln.«
Sie lachte. »Ach so. Na, dann
füllen Sie mal das Formular da
aus. Der Arzt kommt dann gleich.«

Auf dem Formular standen lauter
seltsame Fragen:
Aufenthalt in einer Nerven-
heilanstalt?
Geschlechtskrankheiten?
Eltern noch am Leben?
Probleme damit, sich
unterzuordnen?
Schlafen Sie auf dem Rücken?
Sind Sie sexuell aktiv?
Ihre Lieblingsfarbe?
Würden Sie eine Chance ergreifen
wenn sie sich bietet?

Ich hatte so ein Gefühl
daß mir die Schwester das

falsche Formular gegeben
hatte.

Es folgte nochmal so ein
Dutzend Fragen.

Auf alle antwortete ich
mit »Weiß ich nicht«.

Der Arzt kam rein, warf
einen Blick auf das Formular
und legte es weg.

»Sie sagen, das ist
von einer Frau?«

»Ja.«

»Hat sie Sie auch gebissen?«

»Ja.«

»Und jetzt wollen Sie was?«

»Eine Tetanusspritze.«

»Wie lange ist es her seit
Ihrer letzten?«

»Weiß ich nicht.«

Der Arzt faßte mich unters Kinn
und pflückte an meinem
Gesicht herum.

Ein paar Hautfetzen gingen ab. Es blutete.

»Wie ist das?« fragte er.

»Ganz erträglich.«

»So«, sagte er, »die Schwester gibt ihnen jetzt eine Spritze.«

An der Tür blieb er stehen und drehte sich noch einmal um. »Sagen Sie – warum hat Ihnen die Frau das angetan?«

»Wenn ich das wüßte«, sagte ich. »Ich gäbe was drum.«

Er ging. Das Blut tröpfelte mir in den Hemdkragen. Ich machte die Augen zu. Und wartete.

EINFACH ZU GUT

Ich komme schon so lange
zur Rennbahn, daß jeder Angestellte
mich kennt. Jetzt, im Winter,
wird es vor dem letzten Rennen
schon dunkel ... Auf meinem Weg
zum bewachten Parkplatz erkennt
mich der Junge an meinem
schleppenden Gang, und als ich
hinkomme, steht mein Wagen schon
da, Scheinwerfer an, mit warm-
gelaufenem Motor.
Die anderen stehn noch an
und fragen einander: »Wer
zum Kuckuck ist dieser
Kerl?«

Ich stecke dem Jungen ein Trinkgeld
zu. Es ist immer abhängig davon
wie gut ich abgeschnitten habe.
(In letzter Zeit habe ich
erstaunliches Glück.)
Dann hinters Lenkrad und
auf die Straße, während die Pferde
aus der Startmaschine preschen.

Auf dem Century Boulevard
Richtung Osten stelle ich das
Autoradio an und warte auf
das Ergebnis des letzten
Rennens.

Der Ansager muß erst noch das
schlechte Wetter und einige Staus
erwähnen. Wir sind alte Bekannte.
Ich höre ihm schon Jahrzehnte zu.
Natürlich wird es eines Tages
soweit sein, daß sich keiner
von uns noch die Fußnägel schneiden
und auf die Klagen von Frau oder
Freundin hören muß.

Aber jetzt müssen erst mal einige
Essentials im richtigen Rhythmus
erledigt werden: Zigarette anzünden
Armaturenbrett abtasten, Sitz zurück-
stellen, zwischen einem VW und
einem Fiat durchwitschen, während
Regentropfen die Windschutz-
scheibe sprenkeln.
Ich beschließe, noch nicht
zu sterben:
Dieses gute Leben duftet
einfach zu gut.

DIE LÄNGSTE RINGELNATTER AUF ERDEN

Ich parkte, wo es schön schattig war und ging rein. Mein Termin war um zwei. Ich kam gleich dran. Im Behandlungszimmer setzte der Arzt ein dünnes Lächeln auf. Die Assistentin schaute gelangweilt drein.

»Machen Sie sich bitte frei«, sagte sie

Ich strippte.

»Haben Sie die Untersuchung schon einmal machen lassen?« fragte der Doktor.

»Nein.«

»Na, Sie werden begeistert sein.«

»Nehmen Sie die Position ein«, sagte die MTA. »Auf dem Stuhl.«

Sie hatten einen besonderen Behandlungsstuhl. Ich kletterte rauf. Sie schnallten mir die Handgelenke fest. Mein Arsch ragte in die Luft.

»Es tut nicht weh«, sagte der Doc. »Wir schauen uns da drin nur um. An dem Spiralschlauch ist vorne ein Lämpchen. Wir schieben ihn durch

Ihren Darm und können unterwegs
sogar Fotos machen.«

Ich überlegte, ob es schon zu spät war
meine Meinung noch zu ändern.

Meine Schwiegermutter hatte erzählt
daß sie die Prozedur auch schon
durchgemacht hatte – keine Sorge, da
wäre nichts weiter dabei.
Sie war immer so hilfreich.

»So, jetzt schieben wir das in Ihren
Dickdarm. Sie werden ein bißchen was
spüren, aber keine Sorge …«

»Jetzt schon?«

»Jetzt, ja. Ich mache es langsam …
langsam …«

»Sie können ruhig atmen«, sagte
die MTA.

»Danke.«

»Das geht so schnell, daß Sie kaum
was davon merken«, sagte der Arzt.

»Aber ne Rechnung schreiben Sie
mir trotzdem dafür …«

»Das macht die Sekretärin. So,
jetzt noch ein kleines Stück …«

Ich stellte mir meine weißhaarige
Schwiegermutter in derselben
Position vor, wie sie versuchte
tapfer zu sein und ihre Würde
zu wahren.

Das gute alte Mädchen.
Keine war wie sie.

»Mmmm hmmm«, hörte ich den Doc.

»Atmen Sie«, sagte die Assistentin.

»Jetzt wieder heraus«, sagte der
Arzt. »So … langsam …«

Ich hatte einen Blick geworfen
auf den langen Schlauch, der sich
um die große Spule ringelte. Im
Unterleib des Durchschnittsmenschen
gabs eine Menge Gedärm zu untersuchen.

»Fertig«, sagte der Arzt.
»Sind Sie erleichtert?«

»Oooh ja!«

Die MTA gab mir eine Handvoll
Kleenex.

»Wischen Sie sich damit ab und
ziehn Sie sich wieder an.«

Das tat ich.
Dann saß ich da und
starrte den derben schwarzen
Schlauch an, der wieder auf
die große Spule gewickelt war.

Nach einer Weile kam der Doc
mit einem Blatt Papier zurück.
»Chinaski – ist das polnisch?«

»Kann sein. Aber geboren bin ich
in Deutschland.«

»Und Sie wohnen in Palos Verdes?«

»San Pedro.«

»San Pedro. Gefällts Ihnen da?«

»Herrgottnochmal, Doktor, hab
ich jetzt Krebs oder nicht?«

»Nein, aber Sie haben interne
Hämorrhoiden.«

»Das macht mir nichts.«

»Sie sollten sie entfernen lassen.
Wir machen das mit Gummiband.«

»Gummiband?«

»Ja. Damit machen wir eine Schlinge
darum, und wenn die Gummibänder sich
auflösen, sind die Hämorrhoiden weg.«

»Ich glaub, die laß ich
wie sie sind.«

Auf der Fahrt nach Hause tat mir
der Hintern kein bißchen weh. Ich
knipste das Radio an, drückte den
Zigarettenanzünder rein, und als er
rausschnalzte, hielt ich ihn
an meine Zigarette. Vor mir war
eine Ampel auf rot. Ich hielt.
Vier Autos standen vor mir und
zwei hinter mir. Und zum Glück
hatte keiner einen blassen Schimmer
was mit mir geschehen war
und sie würden es auch
nie erfahren.

TOD UND VERKLÄRUNG

Die Freundin schrie hinter mir
her, als ich zuhause losfuhr.
Auf dem Freeway seh ich in den
Rückspiegel, da ist ein Cop auf
seinem Motorrad hinter mir, mit
zuckendem Blaulicht.
Ich fahre rechts ran, er schreibt
mich auf, ich komme trotzdem
rechtzeitig zur Rennbahn,
verliere in den ersten acht
Rennen, plaziere meine letzte
Wette und fahre nach Hause.
Ich komme die Einfahrt hoch, da
steht meine Freundin an der
Haustür, winkt und lacht
als wäre nichts gewesen.
Ich steige aus, humple langsam
zur Tür. Ich werd' die Hotline
anrufen, um zu sehen wie ich im
neunten Rennen abgeschnitten
habe.

EIN ABEND WIE ER SEIN SOLL

Da vorne ist eine. Geht am Straßen-
rand lang, hält den Daumen raus, schaut
stur gradeaus. Nein, nichts für mich.
Sie ist zu dick. Soll ein anderer
sich mit ihr plagen. Im Rückspiegel
seh ich einen. Er hält, sie steigt
bei ihm ein.

VIKING MOTEL
Zimmer frei

Ich parke. Eine Frau sagt, durch
Löcher in der Glasscheibe: 28 Dollar.
Mir recht.
Mit Mehrwertsteuer
sind es $ 30,10.

Zimmer 12, ganz hinten. Ich gehe
rein. Es hat die Maße eines Umzugs-
kartons. Durchgelegenes Doppelbett.
Die blaue Tagesdecke hat Löcher. Ich
zerre sie runter.

Der Fernseher, schwarzweiß, ∅ 30,5 cm.
Ich stelle ihn an und drehe ihn
zur Wand.

Ich zieh mich aus, mache ein bißchen
Schattenboxen, entscheide mich
für Duschen. 2 winzige Stückchen
Seife, und der Duschkopf hat die
richtige Höhe für Leute von eins-

zwanzig. Ich eiere herum und
sage mir: Für die Südstaaten spricht
eigentlich nichts, außer daß sie
den Bürgerkrieg verloren haben und
es bis heute nicht verwinden können.

Ich steige aus der Duschkabine
und lege mich naß aufs Bett. Nehme
den Hörer ab. Wähle eine Nummer.
»Wo steckst du?« fragt sie.
»Wenn du persönlich wirst«, sage
ich, »bist du richtig überheblich.«
Ich lege auf.

Im Aschenbecher liegt ein Streichholz-
briefchen. Es sagt mir, daß ich es nicht
weit zum Strand habe. Und ich bin
4 MEILEN SÜDLICH VOM
LOS ANGELES AIRPORT
Ich könnte nach Peru fliegen.
Nach China.

Ich setze mich auf die Bettkante
und hole aus der braunen Tüte
den Korkenzieher sowie die erste
Flasche *Petite Sirah,* pelle
einen langen Streifen Zellophan
ab, dreh den Korkenzieher rein
und rupfe ihn heraus.

Manchmal muß der Mensch sich
in ein Motel flüchten
um seine gottverdammte
Seele zu retten.

DER SCHWINDEL

Der Bodenkrieg begann heute früh
bei Tagesanbruch in einem
Wüstenstaat weit weg von hier.
Die am. Bodentruppen bestehen
vorwiegend aus Schwarzen
Chicanos und weißen Armenhäuslern.
Die meisten sind zum Militär
gegangen, weil es der einzige
Job war, den sie kriegen konnten.

Der Bodenkrieg begann heute früh
bei Tagesanbruch in einem
Wüstenstaat weit weg von hier
und die Schwarzen, Chicanos
und Weißen an der Armutsgrenze
wurden hingeschickt, damit sie
kämpfen und siegen, während
in Rundfunk und Fernsehen die
fetten weißen reichen Nachrichten-
moderatoren uns erzählen, wie alles
läuft und die fetten reichen weißen
Fachsimpler uns zum x-ten Mal
sagen, wieso und warum; beinah
auf jedem Sender, beinah jede
Minute, Tag und Nacht; denn die
Schwarzen, Chicanos und armen Weißen
wurden da hingeschickt, damit sie
kämpfen und siegen, bei Tages-
anbruch, in einem Wüstenstaat
weit genug weg von hier.

BLICK ZURÜCK

Heute macht es mich
fassungslos, daß ich einmal
darauf aus war, die letzten
Schlampen abzuschleppen:
ausgeleierte Strümpfe
Rouge auf den Backen
tödliche Lidschatten
gelbe Zähne
Augen von Ratten
bellendes Hyänenlachen;
und wenn ich erfolgreich
war (stolz wie ein Pfau)
war ich Attila
Alexander der Große
der härteste Brocken
in der Stadt –
Bogart, Cagney,
Clark Gable, alles
zusammen.

Und erst recht macht
mich fassungslos, daß
ich ständig den stärksten
gemeinsten Bastard in der
Kneipe zu einer Schlägerei
herausforderte: In der Gasse
hinterm Lokal steckte ich
Schläge ein, die ich
nicht kommen sah, mein
Hirn schwappte auf und
nieder, ich sah Sternchen

in allen Farben, spürte
wie mein Mund sich mit
Blut füllte, wie ich platt
auf dem Rücken landete,
wieder hochkam und weiter
auf ihn losging mit meinen
zu kleinen Händen.
Es gab Fights, da brachte
ich kaum einen Schlag
an. Ich war eine
Lachnummer, und die
Meute hatte die ganze
Nacht Unterhaltung. Ich
bekam meine Abreibung
und sie ihren
Spaß.

Mein Gesicht heilte nie
richtig aus. Ich lief herum
mit dicker Lippe, blauem Auge
und einer geschwollenen Nase.
Ich bekam Hornhaut an den
Knien, weil ich so oft und so
hart auf sie fiel.
Doch ein paar Abende danach
suchte ich mir einen
noch übleren Hundsknochen
und forderte ihn heraus.

Aber etwas anderes will mir
heute noch schwerer in den
Kopf: Wenn ich mal unerwartetes
Glück hatte und einen Fight
gewann, bekam ich keinen

Beifall, keine Anerkennung.
Meine Aufgabe und Rolle
in jener seltsamen kleinen
Welt war – zu verlieren.
Ich war nichtmal aus dem
Viertel; ich war der Typ
von auswärts.

Am meisten haßte ich die
Nächte, wenn ich nach einem
gewonnenen Kampf ganz hinten
am Tresen saß, und die anderen
lachten und redeten durch-
einander, als gäbe es mich
nicht.

Wenn ich verloren hatte, da
war ich ihnen recht, da spen-
dierten sie mir Drinks
die ganze Nacht. Also –
mit einem Sieg verlor ich
und nur von einer Niederlage
hatte ich was.

Und völlig unbegreiflich
wird es, wenn ich an die
Frauen denke, die ich mir
damals an Land zog.
Sie waren gut gebaut, hatten
tolle Beine, aber – die
Gesichter!
Frisch aus der Hölle.
Alle waren ganz gut im Bett
(obwohl ihnen Sex eher

gleichgültig war), und was
schmierten sie mir Brei
um den Mund. Ich war
jünger als sie und
noch anfällig für
den Traum.

Gott, und wie gut es ihnen
gelang, mir an die Brieftasche
zu gehn: Nach ein, zwei Tagen
oder ein, zwei Wochen ver-
schwanden sie mit meinem ganzen
Geld, und ich hatte zu strampeln
mit Miete, Essen und meinem
Verstand. Und dem berühmten
Traum, der mir entglitt.

Und sie kamen wieder!
Klopften nachts um drei
an meine Tür, als wäre
nichts gewesen.

Hatten wohl grade einen
anderen armen Hundesohn
ausgenommen.

Und schlimmer noch: Ich
ließ sie wieder herein.
Mir gefiel der Anblick von
Schenkel und Wade, der
generelle Irrsinn von allem.
Ich trank mit ihnen, hörte
mir ihre neuen traurigen
Geschichten an, ließ den

Traum wieder einsickern
durch meine Poren.
Wo sollte ich denn eine
Lady auftun? In der Stadt-
bibliothek vielleicht? In
der Oper?

»Komm rein, Baby, laß ein
bißchen Bein sehn; laß hören
was du zu erzählen hast.
Und da hast 'n Drink!«

Ich hatte keine Pläne.
Ich hatte keine Ahnung
was ich da machte oder
was ich wollte.
Die Welt war ein fremder
deprimierender Ort. Sich da
durchzuboxen verlangte Mumm.
Alle waren so ein trauriger
Anblick, so besiegt, so
unterwürfig.

»Also dann mal raus damit, Baby.«

Trotz allem mochte ich mich
mit meinen zu kleinen Händen
und dem vernarbten Affengesicht.
Ich mochte es, im Unterzeug da-
zusitzen, das Unterhemd zerrissen
und verdreckt, voller Zigaretten-
löcher und Weinflecken.
Ich hatte Muckis und enorme
Beine und liebte es, über den

Teppich zu stelzen vor den
Augen meiner Nutte und hirn-
rissige Reden zu schwingen.

Ich war ein As, ich war jung,
ich war ein Narr und genoß es
den Narren zu spielen.

»Komm, Baby, laß mehr Bein
sehen! Mehr! Dein Gequatsche
langweilt mich!
Zieh den Rock höher!
Halt! Nicht so hoch!
Laß meiner Phantasie noch
was übrig!«

Wenn ich zurückdenke
hätte alles kaum noch
besser sein können.

Was war es doch für eine
elend schöne Zeit.

CATULL UND SEINE LIEBES-GEDICHTE

Den Männern, die in ihrem Bett auf sie
warteten, las sie seine Gedichte vor
und riß sie lachend in Fetzen. Dann
ließ sie sich aufs Bett plumpsen
und machte die Beine breit für den
nächstbesten Schwanz.

Doch während sie es in den Gassen
mit Sklaven trieb, schrieb Catull
weiter Liebesgedichte an sie.
Wenn sie zusammen waren, be-
klaute sie ihn, sobald er
blau war, machte sich lustig
über seine Verse und
seine Liebe und pißte
ihm auf den Boden.

Catull, der sonst
brillante Gedichte schrieb
war diesem Luder so verfallen
daß er schwach wurde. Sie soll,
als sie älter wurde, ihn flucht-
artig verlassen und auf einer
fernen Insel ein neues Leben
angefangen haben. Bis sie sich
dort entleibte.

Catull war wie die
meisten Dichter. Beim
Wiederlesen kann ich ihn

verstehen und ihm
verzeihen.
Am Ende seines Lebens
hatte er eins begriffen:
Besser man fängt mit einem
Flittchen an, als daß man
mit einem endet.

LEERGUT

Wir leerten Weinflaschen, als
wären es Fingerhüte.
Wegen unserer Kräche um 4 Uhr
früh waren wir schon aus Wohnungen
in der ganzen Stadt rausgeflogen.
Aber unser größtes Problem war:
Wohin mit dem Leergut?
Wir hatten Angst, es in die
Mülltonnen zu werfen; der
Vermieter würde sonst dahinter-
kommen, daß er zwei ernste Fälle
von Trunksucht im Haus hatte.
Wir verteilten eine Anzahl
Flaschen auf die Mülltonnen
in der Nachbarschaft, aber es
blieben noch viele übrig; die
horteten wir wochenlang in unserem
Zimmer, in Einkaufstüten und
Kartons, bis die Bude zu-
gemüllt war.
An einem der nächsten Abende
nachdem wir uns Mut angetrunken
hatten, schleppten wir die Kartons
und Tüten die Hintertreppe runter
und stapelten sie in unser altes
Auto (zum Glück hatte es fünf
Türen): Kofferraum prall voll,
auf dem Rücksitz und davor wuchs
ein Berg empor, der fast die
Fenster verdunkelte; auch vorne
war alles so voll, daß ich kaum

noch Kupplung, Gas- und Bremspedal betätigen konnte; das Leergut in den Tüten schlingerte hin und her; natürlich hatten wir auch zwei volle Flaschen griffbereit zwischen uns. Was für ein Klirren und Scheppern, als wir im Mondschein durch die Straßen fuhren!
Langsam gings bergauf in die Baldwin Hills, und wir hatten eine Heidenangst, die Polizei könnte uns anhalten und mindestens für ein paar Tage aus dem Verkehr ziehen.
Die Fahrt ging über ungepflasterte Straßen, und wir wußten, die alte Karre konnte jeden Augenblick schlapp machen. Um nicht aufzufallen fuhr ich ohne Licht. Der Mond schien auf einen Wald von gleichgültigen geräuschlosen Ölpumpen.
Schließlich wurde die Straße steinig und schlammig, und ich sagte: »Wir sind da.« Ich sprang raus, als hätte Gott mich voll im Kegel seines Suchscheinwerfers, und hievte Kartons und Tüten voll Leergut über die nächste Felskante; ich hörte sie unterwegs abprallen und unten krachend zerbersten.
Ich kam ins Schwitzen, mir wurde schwindelig und übel, während ich schneller und schneller zupackte und Leergut in die leere Nacht schleuderte. Endlich war das

Auto ausgeräumt.
Da schaute sie mich an und sagte
»Menschenskind, haben wir *das*
alles getrunken?«
Mit einem Lächeln auf den Lippen
stieg ich ein und ließ den Motor
an. Was für ein gutes Gefühl, all
das Leergut los zu sein, den
ganzen Ballast.
Im Leerlauf, um Benzin zu sparen,
glitten wir bergab, aus den Hügeln
heraus, unbemerkt und unbehelligt.
Sie reichte mir die Pulle, ich
trank einen Schluck und gab sie
zurück.
»Herrje«, sagte sie, »gehts dir
auch schon viel besser?«
»Ja«, sagte ich. »Wieviel haben
wir noch?«
Sie hielt die Flasche hoch. »Es
reicht bis nach Haus.«

Es war ein schaler Sieg, und
er war nur vorläufig.
Nur Leuten wie uns konnte er
etwas bedeuten.
»Haben wir zuhause noch ne
Flasche?« fragte ich.
»Zwei vielleicht«, sagte
sie. »Vielleicht auch drei.«
Wir steuerten unser Apartment an
(von dem wir jetzt hofften, es
werde uns noch eine Weile
erhalten bleiben), wir hatten

getan, was wir konnten, um unseren Status als anständige Bürger zu festigen; wir wußten die Zeit arbeitete in jeder Beziehung gegen uns, doch wir versuchten, uns die Illusion so gut es ging zu erhalten. Niemand würde je Verständnis haben für das, was wir wirklich waren. Und wir erwarteten es auch von keinem.

DIE ZIMMERWIRTIN

Über Ihnen wohnt bloß noch
ein Junge. Das Zimmer kostet
hundert Dollar. Strom, Gas und
Wasser gehn extra.
Willst ’n Keks, Connie?
Hat sie nicht ein niedliches
Gesicht? Sie haben doch keine
Angst vor Hunden, oder? Hab
ich auch nicht gedacht. Sind
Sie schon lang in der Gegend?
Ich schon seit 1922.
Ich erinnere mich noch an
Präsident Harding und seinen
breitkrempigen Hut. Ein
richtiger Gentleman.
Kennen Sie Ernie Bowers? Der
wohnt schon sein ganzes Leben
hier, gleich um die Ecke.
Sie haben zwei Kautschen.
Wenn Sie Besuch haben, kann sie
auf der einen Couch schlafen
und Sie auf der anderen. Sie
sind zum Ausklappen. Sie
haben hier ne Kochnische und
Ihr eigenes Klo. Über Ihnen
wohnt bloß ein Junge, sonst
niemand. Wenn er von der Arbeit
kommt, hört er ein bißchen Musik
dann geht er essen. Connie
willst ’n Keks. Komm, nimm
doch einen! Sie ist so lieb.

Jeden Morgen stupst sie mich
mit der Pfote und weckt mich
damit ich mit ihr Gassi geh.
So ein Herzchen. Nimm dir 'n
Keks, Connie. Der alte Ernie
Bowers ... er ist zweiundachtzig,
führt meistens Selbstgespräche;
grad gestern hab ich ihn da
vorne an der Ecke gesehn.
Haben Sie gewußt, daß er für
Rudolph Valentino gedoubelt
hat, bei Dreharbeiten? Er ist
auch ein großer Imitator. Er
konnte Rudy total nachmachen.
Er hat immer so alte Fotos
einstecken, als Beweis. Als
Imitator ist er ganz groß.
Sie sollten mal sehn, wie
er Dean Martin nachmacht.

HELLSEHER

Jane und ich, jeder mit einem
Flachmann, gingen zum Baseball-
spiel. Nebenher tranken wir
auch noch Bier. Die L.A. Angels
spielten damals noch auf dem
Wrigley Field.

Jane bekam Streit mit mir
und ging. Ich halte keine Frau
auf, die gehen will. Ich sage mir
wenn sie so blöd sind, mich zu
verlassen, haben sie mich nicht
verdient.

Mit jedem Schluck aus der Flasche
wuchs meine Verärgerung. Ich
ging dazu über, jedem Pitcher
das Ergebnis seines Wurfs vorher-
zusagen. Ich schrie
»Strike!« oder
»Ball!« oder
»Ein Hit!«
Da ich jung und gut beieinander war
und gefährlich dreinsah, sagte
niemand was.

Das Merkwürdige ist: Ich lag
immer richtig. Als wüßte ich
jedesmal, was kommen würde.
Vor lauter Wut auf Jane war ich
zum Hellseher geworden.

»Der Kerl ist gut«, hörte ich
jemand sagen.
»Ich faß es nicht«, sagte
ein anderer.

In den ersten drei Innings
sagte ich jeden Wurf korrekt
voraus. Ich weiß nicht, wie
viele Würfe es waren. Vielleicht
50 oder 60. Hintereinander.
Dann wurde es mir langweilig.
Ich ging.

Als ich auf den Parkplatz kam
war das Auto weg. Die Zicke
hatte den Wagen genommen.
Ich mußte ein Taxi
anhalten.

Auf dem Rücksitz des Taxis
trank ich den Flachmann aus.
Aus irgendeinem Grund
machte mich das erst
richtig wütend.

Als ich in die Wohnung kam
lag Jane auf dem Bett und
war hinüber.

Ich rüttelte sie. »He, Dumpf-
backe!«

»Uh«, machte sie. »Mmh ..«

»Hör mal, ich hab jeden
Pitch korrekt vorher-
gesagt!«

»Hn ..?«

»Die richtige Ansagen, zwei-
undfümzigmal hinter'nander!«

»Hnn ..?«

Ihr Kopf kippte auf die
andere Seite. Fünf Sekunden
später schnarchte sie.

Ich holte mir ein Bier
aus der Küche, setzte mich
in den Sessel, trank und
sah ihr zu, wie sie
sägte.

Dann stand ich auf und
holte mir ein Glas Wein.
Und saß damit im Sessel
bis es dunkel wurde.

Jane schnarchte.
Ich trank.

Ich hatte jeden Wurf
richtig vorhergesagt.
Ich war jung und ruppig
und taff, und jetzt
hatte ich noch was.

**Etwas Wunderbares und
Rätselhaftes.**

**Ich hatte eine jüngere
Frau verdient. Mehr
Geld. Ein besseres
Leben! Keiner war
so ein As wie
ich!**

**Dann ließ ich es gut
sein und legte mich
schlafen, mit sämtlichen
Klamotten an.**

ER MALTE SONNENBLUMEN UND BLIEB EIN ARMER HUND

Ich habe im Sportteil von ihm
gelesen. Ein Junge, geht noch
in die Highschool, hat nie etwas
anderes als Vier-Runden-Kämpfe
bestritten, acht sind es jetzt,
und alle acht Gegner hat er
in der ersten Minute der
ersten Runde k.o. geschlagen.

Alle zwei Wochen oder so
nehmen sie ihn ins Programm.
Er wartet in seiner Umkleide-
kabine, wärmt sich auf, und dann
kommen sie rein und sagen ihm
jedesmal dasselbe: Der Gegner
hat sich nicht blicken lassen.

Nichtmal einen Sparringspartner
können sie noch für ihn
auftreiben.

»Ich geb ihm einen Sechs-Runden-
Kampf!« sagt der Promoter. »Einen
über zehn Runden!«

»Dazu fehlt ihm die Erfahrung«
sagt sein Vater, der auch
sein Manager ist.

Es ist zum Auswachsen, wenn du
zu gut bist, um Geld zu machen.

Ein anderer junger Fighter, van Gogh hieß er, der hat es auch erlebt.

DIE SUCHT

28 000 von uns waren am
ersten Tag der Rennsaison
eine Stunde vor dem Start des
ersten Rennens da, jeder mit
Turfzeitung, Programm, den
Sportseiten und einem Kaffee,
als die Durchsage kam: »Ladies
and Gentleman, wir bedauern
Ihnen mitteilen zu müssen
daß die Angestellten an den
Wettschaltern in den Streik
getreten sind, so daß die
heutigen Rennen ausfallen.
Freikarten für den nächsten
Renntag erhalten Sie ab 13 Uhr
an den Ausgängen.« Ein älterer
Mann mit einem Hawaiihemd und
schwarzen Schuhen hatte eine
Kaliber-45 dabei, mit der
er sich das linke Auge
hinten aus dem Schädel
pustete. Er tat uns allen
leid.
»Jetzt«, sagte ich zu meiner
Freundin, »können wir nur noch
nach Hause fahren und ins Bett
gehn. Und um die Wette
strampeln.«

Am nächsten Tag kaufte ich
die Zeitung und sah nach

ob es wirklich passiert war.
Es war wirklich passiert.

Als der Streik nach fünf Tagen
vorbei war, saßen wieder 28 000
auf den Tribünen, mit Turf-
zeitung, Programm, Sportseiten
und Kaffee, eine Stunde
vor dem Start des ersten
Rennens.

WAS FÜR DIE NACHWELT

Ich weiß, ich sollte nicht so
viele Gedichte schreiben, aber
sie sind eine Form von Kurzweil
für die ich erstaunlicherweise
sogar bezahlt werde. Ich lebe
allein in diesem großen Haus,
mit zwei Katzen (es waren mal
drei; eine ist verendet) und
in meinem Alter ist die Annahme
realistisch, daß ich hier auch
eines Nachts sterben werde
nachdem ich 10 oder 12 Gedichte
geschrieben habe; und jetzt
kommt die Pointe: Eh ich
schlafen gehe, staple ich die
neuen Gedichte in der Mitte
des Schreibtischs, damit man
sie findet, wenn mein Verwesungs-
gestank zu arg wird oder meine
Freundin dauernd anruft und
niemand nimmt ab.

Nicht daß mein Tod tragisch
oder von Bedeutung sein wird
(ich hab dann alles hinter mir)
aber die Gedichte werden meinen
kleinkarierten Kritikern beweisen
daß ich gut war bis zum Schluß.
Oder gar noch besser.

GALOPPIERENDE INFLATION

Ist die Stromrechnung
bezahlt?
Und die Miete?
Es heißt, von jetzt an
soll Benzin jeden Monat
5 Cents teurer werden.
Bald brauchen wir ein
Monatseinkommen
für einen Blowjob
von einer Nutte am
Imperial Highway.

Wird Zeit, daß wir Omas
Arsch aus dem Lehnstuhl
hieven und sie wieder
arbeiten schicken.

Alles Kleenex und Klopapier
muß wenn möglich mehrfach
benutzt werden.

Auch die Vögel auf dem
Fenstersims dürfen da
nicht mehr umsonst
hocken.

Was da auf uns zukommt
lähmt die Brieftasche
und das Hirn.

Diese überlegenen Kreaturen
aus dem All können mir

**gar nicht früh genug
kommen. Sagt ihnen, sie sollen
Cash mitbringen.**

**Oder sind sie vielleicht zu
schlau, um sich mit uns
einzulassen?**

**Sieht so aus, als würden
nur die Nutten am Imperial
Highway überleben und sich
die Erde untertan machen.**

WÄHREND MOZART ZU STAUB ZERFÄLLT

Ich wette schon
so lange auf Pferde
daß ich eine ganze
Parade von Jockeys
kommen und
gehen sah;
auch Frauen
und Präsidenten
aber irgendwie
sind es die Jocks
die mir die Jahre
und Jahrzehnte
gliedern.

Ich habe sie
erlebt als
Anfänger
dann als
Geheimtips
– sie dominierten
die Meetings, ihre
Pferde hatten auf
dem Zielfoto
fast immer die
Nase vorn.
Ich habe sie so
weitermachen sehen
und dann, beinah
von heute auf
morgen, ließen

sie nach
wurden vor-
sichtig und
unsicher
und machten
dem nächsten As
aus ihrer Mitte
Platz.

In der Kunst
im Entertainment
in der Geschäfts-
welt läßt sich
derselbe Vorgang
beobachten
doch die
Jockeys
definieren für
mich am besten
den Mut und die
Enttäuschung
im Kampf um
Platz 1.

Johnny, zum
Beispiel, mit
seinem unbändigen
Siegeswillen. Ein
wahrer Meister des
Start-Ziel-Siegs.
Er ist jetzt
Trainer.
Aber darauf ver-
steht er sich

längst nicht
so gut.

Man sieht ihn
jetzt im Sattel-
raum, klein wie ein
Kind sitzt er auf
seinem Stuhl und
spielt Karten
mit den mexikanischen
Stallburschen
und verliert
Geld an sie, Tag
für Tag.

»He, Johnny –
Lust auf 'n
Spiel?«

Jockeys wie
Johnny
definieren
für mich
die Tragödie
des Lebens;
mehr als der
Tod von Marco
Polo, Picasso
oder Heinrich
VIII.

Jocks wie Johnny,
so klein und so
mutig, sie

definieren den
Kampf ums
Dasein.

Während Kant
mumifiziert in
seinem Sarg liegt
und Mozart zu
Staub zerfällt
haut Johnny
eine Karte
auf den
Tisch
und ge-
winnt doch
noch ein
Spiel.

LOS ANGELES

Ein alter Spruch geht
so: Wen die Götter
vernichten wollen
den lassen sie
ausrasten.

Auf den Freeways
habe ich jeden Tag
den Eindruck, die
Götter sind drauf und
dran, die ganze
City of Angels
auszuradieren.

WARUM SCHREIBEN SIE SO OFT VOM STERBEN

Shakespeare ist tot.

Hemingway. Ein Foto
von ihm hängt unten
im Flur. *Wem die
Stunde schlägt.*

Pascal.
Hitler.
Sammy Davis Jr.
Marconi.

Das kleine Mütterchen
von nebenan, das jeden
Tag die Geranien ge-
gossen hat.

Die Jagdhunde des irren
Grafen Dracula.

Fast alle Tarzans.

Und Jane.

Meine erste
Frau
und
Primo
Carnera.

Und du stirbst auch
bald, alter Mann; du
und deine weißen Beine
und deine Posen, dein
Leichtsinn, dein taffes
Getue, als hättest du
Durchblick.

Da sitzt du in Shorts
und qualmst und tippst;
du schaust nach unten
da ist ein Tropfen Blut
auf deinem Schenkel.
Nanu? Lauf ich aus?
Es kommt aus der
Nase.
Das Hemd hat auch
schon einen
Fleck. Herrje
was wird deine Frau
sich ärgern.

EIN KLUGSCHEISSER

Das war ich, auf dem Campus. Ich
bin sicher, manche Professoren fanden
mich zum Fürchten oder zogen es jedenfalls
vor, mich nicht in ihrem Unterricht zu
haben.
Ich hatte ein schmales vernarbtes Gesicht
und lümmelte herum, dräuend und
verkatert.
Ich besorgte mir keins der vorgeschriebenen
Bücher und weigerte mich, zu lernen.
Ich war unverschämt, cool und durch
den Wind. Ich betrank mich und
kloppte mich jeden Abend.
Meine Eltern bestritten meinen Unterhalt
weil sie Schiß hatten.
Ich war der ruppigste 18jährige
Drecksack auf Erden.
Im Unterricht sprang ich auf,
schwang wirre Reden und wider-
sprach den Professoren in allem.
Ich war unausstehlich und fand mich stark
aber ich hatte Angst, mich um eine
Position im Football-Team zu bewerben
oder eine zu fragen, ob sie
mit mir ausgeht.
Ich war wohl übergeschnappt.
Ich las nichts als Nietzsche und
Schopenhauer.
Ich hatte Journalismus und Kunst belegt
und wenn wir einen Text pro Woche
schreiben sollten, gab ich sieben ab.

Manche hielten mich für ein Genie.
Ich kam mir auch wie eins vor. Oder so
wie ich dachte, daß man sich als Genie
vorkommt.
Eines Tages, nach der Kunststunde, geriet ich
in eine Schlägerei mit dem 92 Kilo schweren
Football-Verteidiger. Wir balgten uns
eine halbe Stunde auf dem Rasen. Leider
ging niemand dazwischen.
Am Ende besiegte ich ihn. Zu meiner
eigenen Überraschung. Eine halbe Stunde lang
hatte ich drauf gewartet zu verlieren. Es
passierte nicht.
Danach wurde ich populär. Damit
konnte ich nicht umgehen
also gab ich mich jetzt als
wiedergeborener Nazi aus.
Allerhand haßerfüllte Spinner liefen
mir nach. Haut bloß ab, sagte ich
und wurde der Eremit des College.
Ich weiß nicht, aber nach zwei Jahren
College wollte ich nicht mehr. Ich
stieg aus und besorgte mir einen Job
in einer Putzkolonne auf dem Rangier-
bahnhof.
Ich mietete ein kleines Zimmer und trieb
mich nachts auf den Straßen herum.
Was 'n Genie. Tolles gottverdammtes
Genie.
Mehrmals ging ich beim *Herald-Examiner*
und der *L.A. Times* rein, um ihnen zu sagen
daß ich Reporter werden wollte.
Ich kam nie weiter als bis zum Empfang.
»Füllen Sie das Formular da aus«, sagten sie.

Ich schob es ihnen wieder hin.
Sie wußten nicht, daß ich
ein Genie war.

Eines Nachts, in einer Bar, bekam ich
Streit mit einem schmächtigen Kerl; er
wog bestimmt nicht mehr als sechzig
Kilo. Er machte mich fertig.
Am nächsten Abend probierte ich
es nochmal. Er machte mich wieder fertig.

Eine Woche danach stieg ich in den Bus
nach New Orleans. Unterwegs erstand ich
ein Buch von einem berühmten Typ namens
Hemingway. Ich fand es unleserlich.
Der Kerl konnte nicht schreiben!
Ich warf sein Buch aus dem Fenster.
Auf der anderen Seite vom Gang starrte
eine zu mir herüber. Sie drehte sich
seitwärts und machte eine Skizze
von meinem Gesicht. Schrieb ihre Adresse
auf die Rückseite und gab sie mir.

In Fort Worth stieg sie aus.
Ich fuhr bis Dallas. Dort ließ
ich mich rasieren, duschte beim CVJM
nahm den nächsten Bus nach Fort Worth
und klingelte bei ihr.
Wir saßen im Wohnzimmer, und ihre Mutter
hielt Wache im Schlafzimmer.
Sie war eine Schönheit, wir unterhielten
uns lange, es war richtig toll.
Dann nahm sie meine Hand und fing
vom lieben Gott an. Ich machte, daß ich
weg kam.

Ich stieg in den nächsten Bus nach
New Orleans. Ich hatte eine Reise-
schreibmaschine dabei. Das war alles
was ich brauchte, um zu beweisen
daß ich ein Genie war.
Das und noch 35
Jahre.

NÄHMASCHINE VON SINGER

Ich fand es nett, daß meine erste
Frau sich ihre eigenen Kleider
nähte. Oft sah ich sie
über die Nähmaschine gebeugt, wie sie
wieder einen Rock zusammen-
nähte.
Wir gingen beide arbeiten, und ich
war angenehm überrascht, daß sie noch
Zeit fand für ihre eigene Garderobe.

Eines Abends kam ich nach Hause und
sie flennte. Einer im Betrieb
hatte ihr gesagt, sie ziehe sich
geschmacklos an. Er fand
sie sehe »billig« aus.

»Findest du meine Sachen billig?«
wollte sie wissen.

»Natürlich nicht. Wer ist der
Kerl? Ich versohl ihm den Arsch!«

»Das geht nicht. Er ist
mein Boss.«

Sie schluchzte wieder los. Ich
mußte ihr lange gut zureden
bis sie endlich aufhörte.

Danach kaufte sie nur noch Kleider.
Ich fand, daß sie ihr nicht annähernd

so gut standen, aber sie sagte
der Boss hätte sie schon
dafür gelobt.

Mir war es recht. Hauptsache
sie flennte nicht mehr.

Eines Tages fragte sie mich:
»Was gefällt dir besser – meine
früheren Sachen oder die neuen?«

»Du siehst in beiden gut aus.«

»Ja, aber welche sind dir lieber –
die alten oder die neuen?«

»Die alten«, sagte ich.

Da flennte sie wieder und wollte
gar nicht mehr aufhören.

Unsere Ehe holperte auch
sonst noch.

Als sie sich von mir scheiden ließ
trug sie immer noch Kleider
von der Stange.

Sie nahm die Nähmaschine mit
und einen Koffer mit den
selbstgenähten
Kleidern.

HATTE DIE EINE WUT

Ich liebe dich, sagte sie
und spuckte in eine Schale
Wackelpudding und stellte
sie in den Kühlschrank
mit den Worten: Das kannst du
heut zu Abend essen!

Dann fegte sie hinaus
wie ein Wirbelwind,
umflattert von ihrem
zornigen Rock.

SPRÜCHE I, 1–8

Mein Vater hatte sich allerhand
Sprüche gemerkt, die er ständig
anbrachte.
»Wenn du nix zustande bringst
lutsch 'n leeres Ei aus!«
»Mein Land, so oder so!«
»Früh in die Federn und früh wieder raus
macht dich gesund, wohlhabend und schlau!«

Meine Mutter schmunzelte, während er
uns diese Perlen hinstreute.
Ich hielt den Mann für
plemplem.

Fast alles, was von ihm kam
war idiotisch.
Meine Mutter redete er mit »Mama« an.
»Mama, wir müssen hier wegziehn!«
»Warum, Daddy?«
»Weil ich einen gesehn hab, Mama!«
»Einen was, Daddy?«
»Einen Nigger …!«

Das war auch so ein Lieblings-
spruch von ihm:
»Eene meene muh, kack dem Nigger
auf den Schuh. Wenn er meckert
laß ihn blechen, fuffzig Dollar
jeden Tag!«

Er ließ seine Aphorismen nie im
Sitzen los, sondern marschierte

immer auf und ab.
»Wer sich selber hilft, dem
hilft der liebe Gott!«

»Hör du nur auf deinen Vater, Henry«
sagte meine Mutter.
Die arme Frau. Es war
ihr Ernst.

»Tu nicht was ich tu«, trompetete er
»tu was ich sage!«
Ich tat weder das eine
noch das andere.

An dem Tag, als ich auf ihn runter-
schaute in seinem Sarg, erwartete ich
fast einen Spruch von ihm.
Als nichts kam, sagte ich etwas:
»Tote haben nichts mehr zu
erzählen.«

Gott sei Dank. Ich hatte
genug gehört.

Dann machten sie den Deckel drauf
und ich ging mit meinem Onkel Jack
Hamburger und Fritten essen.

Wir saßen vor unseren vollen Tellern
und Onkel Jack sagte: »Dein Vater
war ein guter Mann.«

»Jack«, sagte ich, »gut für was?«

DIE NERVENSÄGEN VON HOLLYWOOD

Der erste sprach mich im italienischen
Café an, mitten im Essen.
»Entschuldigen Sie, dürfte ich den
Lokalteil von Ihrer Zeitung haben?«
»Nein«, sagte ich, »dürfen Sie nicht.«

Ich aß fertig und ging
und an der nächsten Ecke hielt mich
schon wieder einer an:
»Hey, Jack, wie wärs mit ner Uhr?«
Er machte die Hand auf. Es war
eine Armbanduhr.
»Brauch ich nicht«, sagte ich.

Ich überquerte die Straße, ging
einen Block und wurde angehalten
von einem, der zwei Billard-
stecken in der Hand hielt.
»Sie«, sagte er, »mir fehlen noch
50 Cents, damit ich was essen
kann. Könnt' ich Ihnen vielleicht
'n Billardstecken verkaufen?«

Ich schüttelte den Kopf
gab ihm einen Vierteldollar
und ging weiter.
Man soll nicht den ganzen Abend
nein sagen. Und Billard ist
auch nicht grade eine
meiner Stärken.

WIE LAZARUS

Ort und Zeit deines Todes
wirst du nie wissen. Auch nicht
wie es passieren wird. Du kannst
umfallen während du dir die
Schnürsenkel bindest. Oder
mit einem Messer im Bauch.

Du kannst Angst davor haben
oder ein Gefühl von Frieden.
Oder du spürst das eine so
wenig wie das andere.

Im L. A. County General Hospital
lag ich in der Abteilung, die
hinter dem OP anfing.
Ich schlief schlecht, und
zwischen 3 und 6 Uhr früh
war ich oft wach.
Da schoben sie die Leichen
raus, mit einem Laken drüber.
Die Türen schwangen auf
und da kamen sie auf der Bahre
mit dem Kopf voran, geschoben
von einem Pfleger in Weiß.

Ich zählte sie immer. Eins, zwei
drei, vier. Jede Nacht, die Gott
werden ließ.

Ich brauchte keine Schäfchen
zu zählen. Ich hatte was
Besseres.

Eines Nachts brachen sie den
Rekord, jedenfalls während
meines Aufenthalts – sie
brachten es auf
acht.

Ich wartete und wartete
auf die Nr. 9. Kam
aber nicht.

Aber die Sonne ging auf
und die Deckel klapperten
auf den Bettpfannen und die
Schwestern rissen grimmige
Witze und beklagten sich
über Probleme zuhaus.

In unserer Abteilung lagen
die ganz schweren Fälle,
jeder dicht am Abgrund
und ab und zu stürzte einer
ab. Aber es wurde kein Blut
gespuckt, es ging nicht un-
appetitlich zu, nicht einmal dramatisch.
Es lag sogar ein Hauch von
Langeweile auf allem.

»Mr. Williams, Mr. Williams …
Ihr Frühstück! …
Mr. Williams?
Ach, der ist ja
nicht mehr da …«

Kein Bett blieb lange leer.
Sie bezogen es frisch

und Williams wurde ersetzt
durch Miss Jones, und wenn
die Jones abtrat, folgte ihr
Mr. Wong.

Jeden Morgen ging strahlend
die Sonne auf, nur um uns
zu verhöhnen, und nichts
vertrieb uns die Zeit. Wir waren
zu schwach zum Reden. Das einzige
was es zu hören gab, war dann und
wann ein schwaches Ächzen, Stöhnen
oder Hüsteln. Und ab und zu
fiepte eine matte jammervolle
Stimme: »Schwester ... Schwester ...«

Ich verließ diesen Ort des Todes
ohne einen Blick zurück.

Ich ging zwischen den Betten
durch, dann viele Stufen hinunter
(die ich nicht zählte) und durch
den Haupteingang raus auf die Straße.

Von einer Kneipe in der Nähe
rief ich mir ein Taxi; das
fuhr mich über die Brücke, über
den ausgetrockneten L. A. River
zurück in meinen Teil der Stadt.
Es war ein irres Gefühl
endlich wieder raus
zu sein.

Ich gab dem Fahrer sein Geld
und ging den Weg hoch. Ich

hatte noch meinen Hausschlüssel;
steckte ihn rein, schloß die
Haustür auf. Das Zimmer war
im dritten Stock, eine steile
Treppe rauf.

Der Hund kam mir auf halbem
Weg entgegen. Es war ein
großer; er sprang begeistert
an mir hoch, und sein Schwanz
peitschte hin und her wie eine
angesengte Schlange.
Ich war noch so schwach
daß er mich beinahe
umwarf.

Ich ging vollends hinauf und
den langen Flur nach hinten
ins Zimmer.

Sie saß auf der Couch
rauchte eine Zigarette
und las eine Illustrierte.
Entgeistert schaute
sie hoch.

»Herrje, warum hast du
mir nichts gesagt?«

»Was gibts da schon zu
sagen. Ist noch Bier da?«

Sie sprang auf, und eh sie
in der Küche verschwand

schaute sie über die Schulter
mit einem verklemmten Lächeln
zu mir nach hinten.

AUF DURCHREISE

Der französische Grenzer hatte einen
schwarzen gewichsten Schnurrbart
ein Gesicht von der Farbe eines Stoß-
zahns und Pupillen so klein wie
Mitesser.
Er stank nach Parfüm. Seine Uniform
war zerknittert, aber seine Stiefel
waren neu und hochglanzpoliert.
Sie reflektierten das Licht
von der Decke so stark, daß mir
schwindelig wurde.
Er war frostig; er schien
voll von unterdrückter
Wut.

Draußen war es minus 10
doch im Gebäude müssen es
fast 45 Grad gewesen sein –
die Heizung war zu weit aufgedreht,
und die vielen Glühbirnen, das
machte den Mann noch wütender.
Der Schweiß tropfte ihm von
der Nase, und er schaute
finster drein.

»*Reisepaß!*« schrie er.
Ich reichte ihm den Paß und
machte gute Miene dazu.

Er tippte mit dem Zeigefinger
auf das Foto:
»*Das sind Sie??*«

»Ja.«

*»Sie sehen jünger aus
als auf dem Foto!«*

»Ich war krank, als es
gemacht wurde ...«

»Krank? Was hatten sie denn?«

»Grippe ...«

»Grippe?!«

Ich schwieg.

Er machte meinen Koffer auf
und warf die Sachen links und
rechts heraus.

»Was sind das für Blätter?«

»Aquarelle ...«

»Von wem?«

»Von mir.«

Er funkelte mich an. Sein
gewichster Schnurrbart
bebte. Dann:
»Gut, Sie können durch!«

Ich sammelte meine Sachen
wieder ein.

Nach mir kam eine dralle
junge Dame. Er schnappte sich
ihren Paß, warf einen Blick
darauf und strahlte sie an.

Ich hatte inzwischen meinen
Kram beisammen. Als ich durch
die Sperre ging, hörte ich ihn
sagen: *»Er hat gesagt, er ist
Maler!«*

Dann hatte ich die Halle
durchquert und trat hinaus
in die Kälte. Das tat ja
so gut. Einfach erfrischend.

UNFUG MIT ZEHN (1930)

Harold hatte immer Angst.
Mit ihm war es einfach; wir
hatten viel Spaß mit ihm.

Zwei- oder dreimal die Woche
taten wir so, als würden wir
ihn aufknüpfen.

Wir hatten einen Strick dabei
und bugsierten Harold auf der
hinteren Veranda von Mrs. Keller
unter einen dicken Balken. Dann
legten wir ihm die Schlinge
um den Hals.

»Diesmal machen wir Ernst,
Harold. Wir haben es satt
nur so zu tun. Diesmal
wirst du baumeln!«

»O nein! Bitte nicht!«

Er wimmerte leise, und die Tränen
kullerten ihm über das dumme
sommersprossige Gesicht.

»Hör auf mit dem blöden Gewinsel!
Wenn du nicht sterben willst
mußt du entweder Pisse trinken
oder Scheiße fressen. Also –
was soll's sein?«

Harold schluchzte vor sich hin.

»Na? Gib Antwort oder wir
knüpfen dich gleich auf!«

»Pisse«, sagte der dann immer.

Wir pißten im lachend die
Hose und die Schuhe voll.

Als er mit seinen Eltern aus
der Gegend wegzog
fackelten wir Mrs. Gorman
den Hühnerstall ab.

MARSCHMUSIK

So oft sie im Radio den
March to the Gallows bringen
muß ich an sie denken in ihrem
knappen blauen Dirndl
damals in Santa Fe.
Es regnete in Strömen, der Marsch
rotierte auf den Plattenteller
es brannten sogar Kerzen, ihr
Haus war groß und doch behaglich
und ich sagte ihr, was sie mit mir
anstellte, wie sehr ich sie
begehrte, was für ein Mirakel
es war. Ich so abgebrannt und
häßlich, und da war ich nun,
mit ihr.
Aber ich war auch
ein Narr und liebte
meinen Wein und
war so dumm, den närrischen
Trinker zu spielen. Es war
warm im Zimmer, und wenn die
Platte zu Ende war, fing sie
wieder von vorne an.

Als ich wieder mal zur Couch
sah, lag sie splitternackt
da, ihre Haut so weiß wie
Kuhmilch.

»Bin gleich bei dir«, sagte
ich. »Nur noch 'n
Schluck.«

Die Entfernung war
zu groß.

Am nächsten Tag
fuhr sie mich zum
Flugplatz.

Ein paar Monate vergingen.
Dann kam ein Brief von ihr.

Du hast so traurig gewirkt
auf der Fahrt zum Flugplatz.
Ich habe oft an dich gedacht.
Ich habe ein neues Auto; knall-
rot – wie dumm, mir fällt jetzt
nicht ein, welche Marke.
Es regnet heute. Regen
heißt hier, es schüttet. Weißt
du noch? Übrigens, ich
bin jetzt lesbisch. Wir
leben zusammen, Doreen
und ich. Wir haben
fürchterliche Kräche, aber sonst
bin ich glücklich.
Und du?

KURZ BEVOR ICH MIR SELBST EINEN ANSCHAFFTE

Die besten Autoren, sagt
man mir, schreiben jetzt auf
einem Word Processor.

Ich bin nicht mal sicher
ob ich weiß, was das ist.

Aber
egal, ob Baumwurzeln
durch die Gebeine meiner
toten Mutter gewachsen
sind

egal
ob die Schatten länger
werden im vergessenen
Canyon

egal
was der letzte Elefant
träumen wird:

Ich schaff mir so ein
Ding, was immer es sein mag,
nicht an.

Ich hoffe aber, daß es
den besten Autoren hilft
besser zu werden. Ich
fand nämlich ihr Zeug
immer ungenießbar.

**Und jede Hilfe für sie, ob größer oder kleiner, wird uns allen helfen.
Stimmts?**

DAS WARTEN HAT SICH GELOHNT

Nichts läßt sich vergleichen mit
einer Fahrt durch die engen Kurven
des Pasadena Freeway, mit 140
Sachen, verkatert, während du im
Rückspiegel nach dem Auge des Gesetzes
spähst und Tangerinen schälst und
sie futterst und manchmal husten mußt
vor Fruchtfleisch, Kernen und Säure;
das Wasser läuft dir aus den Augen
die Sicht wird trüb
du fährst nach dem Gedächtnis,
nach Instinkt, bis du wieder
richtig siehst.
Endlich erreichst du Santa Anita
die schönste Rennbahn weit und breit
du gleitest auf den Parkplatz
steigst aus, schließt
ab, gehst rein.

Mit deinen 68 hast du ein besseres
Gefühl als mit dreißig. Jener
dreißigste Geburtstag war der
deprimierendste von allen: Damals
hast du dir gesagt, das Spiel ist
verloren.

Was für ein Fehler, sich derart
hängen zu lassen, damals
vor 38 Jahren. Grade
als sie anfingen, den Pasadena
Freeway zu bauen.

WO WAR ICH?

Ich wußte nicht, woher ich kam
und wohin ich wollte. Ich
fand mich nicht mehr
zurecht. Saß stundenlang
in Hauseingängen, regte
mich nicht, dachte an
nichts, bis man mich
verscheuchte.

Das soll nicht heißen
daß ich ein Idiot war
oder ein Narr. Es war
nur so, daß mich nichts
interessierte.

Falls mir jemand ans Leben
wollte, ließ es mich kalt.
Ich hätte nichts dagegen
getan.

Ich lebte ein Leben
das mir nichts wert
war.

Ich kam unter in kleinen
gemieteten Zimmern, in
Kneipen, in Gefängnissen.
Schlaf und Gleichgültigkeit,
das schien noch das
einzige zu sein.
Sonst war doch alles
Blödsinn.

Einmal saß ich eine ganze Nacht
am Mississippi und schaute
übers Wasser, ich weiß nicht
warum. Er floß an mir vorbei
und ich erinnere mich
daß er stank.

Immer wieder saß ich in einem
Überlandbus, auf der Fahrt
irgendwohin, und sah aus
einem dreckigen Fenster
auf nichts.

Ich wußte immer genau
wieviel Geld ich einstecken
hatte, z. B. einen Fünfer und
zwei einzelne in der Brieftasche
und 5 Cents, 10 Cents und
zwei Pennies in der rechten
Hosentasche.

Ich hatte kein Interesse
mit jemand zu reden oder
angesprochen zu werden.

Ich galt als Tunichtgut, als
Mißgeburt. Ich war
erstaunlich kräftig, wenn man
bedenkt, wie wenig ich aß.
Einmal, in einer Fabrik,
versuchten die jungen ruppigen
Kollegen nacheinander eine
schwere Maschine anzuheben.
Keiner brachte es fertig.

»Hey, Hank, versuch du
es mal!« riefen sie lachend.

Ich ging hin, hob das Ding an
und kümmerte mich wieder um
meine Arbeit. Aus irgendeinem
Grund behandelten sie mich danach
mit Respekt, aber ich
wollte keinen.

Manchmal zog ich in meinem Zimmer
die Jalousien runter und blieb
eine Woche oder länger im Bett.

Ich befand mich auf einem
Weg, der so seltsam wie
sinnlos war.
Ich hatte keine Ideen, keinen
Plan. Ich schlief einfach
so viel ich konnte
und wartete ab.

Ich war nicht einsam
und empfand kein Selbst-
mitleid. Ich hatte nur
zu rudern in einer Existenz
in der ich keinen Sinn
entdecken konnte.

Als junger Mensch
kam ich mir damals vor
wie tausend Jahre alt.

Heute bin ich ein alter Mann
der darauf wartet, daß er
geboren wird.

FRISCH AUFGEWACHT

Du gähnst und reckst dich
ziehst frische Unterwäsche an
und denkst: Ich bin nicht
im Knast, ich hab auch nicht
Krebs, aber da draußen gibts
vermutlich ein paar, die mich
um die Ecke bringen wollen.
Na, wer weiß, ob sie damit
Ernst machen.
Du denkst daran, daß du einmal
beschlossen hast, dich neben
der Hollywood Park Rennbahn
begraben zu lassen, damit du,
während du schläfst, das Donnern
der Pferdehufe hören kannst;
aber inzwischen hört man
daß sie die Rennbahn woanders
hin verlegen wollen, weil die
Gegend so heruntergekommen ist.
Jetzt mußt du noch so lange
leben, bis du erfährst, wohin
sie ausweichen.
Während du dein Hemd anziehst
und in die Hose steigst, fällt dir
ein, daß sie dich in manchen
Kursen für moderne Literatur
durchnehmen. Darauf läßt du
einen, während du die Treppe
runtergehst. Komische Gedanken
sind wie Katerzustände – man
fühlt sich besser

**ohne sie. Dann fragst du dich
ob sie dir Kaffee übrig gelassen
hat, und gleichzeitig reißt
du die Haustür auf und siehst
nach, ob dir jemand das
Auto geklaut hat.**

DIE SIMPLE WAHRHEIT

Du weißt einfach nicht, wie
man sich anstellt. Das weißt
du doch. Und ne Menge andere
nützliche Sachen kannst du
auch nicht. Zum Teil liegt es
daran, wie sie dich erzogen
haben. Inzwischen isses zu spät
um es noch zu lernen. Manche
Sachen kriegst du einfach
nicht gebacken. Ich könnte
dir zeigen, wie's geht, aber
du würdest es trotzdem
nicht richtig machen.
Ich hab als kleines Mädchen
eine Menge nützliche Dinge
gelernt und kann sie
heute noch. Ich hatte
gute Eltern, während du von
deinen nicht genug Liebe und
Aufmerksamkeit gekriegt
hast, deshalb hast du nie
gelernt, wie man die einfachsten
Dinge tut. Ich weiß, es ist
nicht deine Schuld, aber
du solltest dir drüber im
klaren sein, wie arg es
bei dir hapert.

Komm, laß mich das jetzt
machen! Schau her: Siehst du
wie einfach es ist!

Laß dir einfach Zeit!
Du hast keine Geduld!

Jetzt sieh dich an. Du
bist eingeschnappt –
stimmts? Ich seh es dir
an. Meinst du, ich merk
es nicht?

Ich geh jetzt runter. Meine
Lieblingssendung fängt
gleich an.

Und sei nicht eingeschnappt
bloß weil ich dir die
simple Wahrheit über dich
sage.

Willst du was von unten?
Was zu knabbern?
Nein?

Bist du sicher?

GUTES ZEUG

Red putzte in Pensionen und
brachte mir oft die Sachen von
kürzlich Verstorbenen mit.
»Niemand hat sein Zeug abgeholt.
Sieh dir mal das Hemd an, so was
kriegt man heut gar nicht mehr
zu kaufen. Und probier mal
die Brille.«

»Danke, Red.«

»Da, zieh mal den Bademantel an.
Sieh es dir bloß an, das gott-
verdammte Ding. Schon mal so was
gesehn?«

»Nee. Noch nie.«

»Er ist am Dienstag gestorben. Los,
probier schon an ...«

Ich schlüpfte rein. Das gute Stück
war schwer und dick wie eine
Steppdecke, ganz in Gelb
und Grün. Ich zurrte den Gürtel
fest.

»Ist dir zu groß, sieht aber
gut aus. War ein massiger
Kerl. Hab ihn gut gekannt. Er
hat 'n Job als Hausmeister

gehabt und immer Malzbier getrunken.«

»Dank dir, Red. Das kann ich gebrauchen.«

»Brauchst noch Socken? Unterwäsche.«

»Nee, damit bin ich noch versorgt.«

Red ging wieder Zimmer putzen.

Der große Bademantel war wie etwas, das früher von Königen getragen wurde. Er gefiel mir sehr. So etwas hatte ich noch in keinem Schaufenster gesehen. Bestimmt ein Erbstück, das von einer Generation an die nächste weitergereicht wurde.

Am Abend kam meine neue Freundin vorbei. Wir saßen herum und tranken. Es war noch die Phase in der ich versuchte, Eindruck zu schinden. Nach ein paar Flaschen Bier sagte ich daher: »Moment, gleich wieder da.«

Ich ging ins Schlafzimmer und kam im Bademantel wieder heraus, die Bierflasche in der Hand.

»Großer Gott, was'n das?«

»Das, meine Liebe, ist Klasse.«

»Er ist dir zu groß, und er ist
total verdreckt! Wo hast 'n das
Ding her?«

»Von einem, der gestorben ist.
Es wär sonst beim Müll gelandet.«
Ich setzte mich neben sie.

»Das stinkt!«

»Der Tod ist was Normales«, sagte
ich. »Dafür muß man sich nicht
genieren.«

Ich beschloß, ihr nicht das Hemd
vorzuführen. Und meine neue Lese-
brille auch nicht.

In dieser Nacht gabs
keinen Sex.

*

Als Red das nächste Mal vorbei-
schaute, hatte er ein Paar
Lederhandschuhe. »Der da ist letzten
Freitag gestorben. Hat in einer Karton-
fabrik gearbeitet. Seine Verwandten
sind gekommen und haben die Bude aus-
geräumt, aber die haben sie über-

sehen. Ich hab sie hinten im Wandschrank auf dem Boden gefunden.«

Ich probierte sie an. Sie waren mir ein bißchen zu klein, aber so gut wie neu. Nur ein Finger an der linken Hand hatte vorne ein winziges Loch.

»Danke, Red. Sehn toll aus.«

»Handschuhe wie die kriegst du heut' nirgends mehr zu kaufen.«

»Ja. Wem sagst du das …«

EIN PFERDENARR

Seit Jahrzehnten sehe ich sie laufen.
Die Jockeys wechseln, aber die Pferde
sehen aus, als wären es immer
dieselben.
Die Angestellten an den Wettschaltern
wechseln, und die auf den Park-
plätzen. Die Rennbahn bleibt immer
gleich.
Ich habe vier Dutzend Beinbrüche
gesehen; und zwei Reiter, die sich
das Genick brachen.
Ich habe auf Pferde gewettet, die
dreihundert Dollar zahlten, und
andere brachten ganze $ 2,80.
Ich habe sie bei strömendem Regen
laufen sehen und bei so dichtem Nebel
daß der Ansager den Zieleinlauf
nicht durchgeben konnte.
Ich habe auf Galopper gewettet, auf
Viertelmeiler und Traber. Und auf
Windhunde.
Ich habe Rennen gesehen in Mexiko,
in Amerika und Europa.
Ich habe auf der Rennbahn Frauen
kennengelernt und Frauen verlassen.
Ich habe versucht, auf Rennbahnen
meinen Lebensunterhalt zu verdienen
und wenn ihr Stress wollt – dort
findet ihr ihn.
Ich habe drei Monate in der Nähe
einer Rennbahn in verschiedenen

Motels gewohnt und abends allein
in den Bars gesessen.
Ich hatte schon ein halbes Dutzend
Wettsysteme, die Gewinn brachten
und ein halbes Dutzend, mit denen
ich verlor; aber ich wußte nie
welches grade dran war.
Schließlich zog ich den Schwanz ein
und gab auf; besorgte mir einen Job
und wettete nur noch nebenbei.

Ich habe jetzt ein ganzes Leben
auf der Rennbahn verschwendet
und bis heute fahre ich jeden
Tag raus. Einen Ersatz dafür
habe ich nie gefunden.
Die Anzeigetafel leuchtet auf
und ich gehe an die Arbeit.
Keine Ahnung, was ich dort suche
oder zu finden hoffe.
Ich rede mit keinem.
Mit meinem neuen System im Kopf
warte ich auf das nächste Rennen.
Was denn sonst.

EIN SONG AUS DEN SIEBZIGER JAHREN

Hank, ich hör immer Stimmen
wenn mir so wie jetzt die Tabletten
ausgehn. Mein Valium ist alle, und
ich komm bis morgen an keins ran.
Ich soll jeden Tag zwei Navane
einnehmen, eins zum Frühstück und
eins vor dem Schlafengehen, und drei
Desyrel, morgens eine und abends zwei
und fünfzehn Milligram Valium pro Tag
morgens um 9, mittags um 2 und um
5 und nochmal eine vor dem Schlafen-
gehen, aber ich werd gern high und
nehm meistens drei auf einmal.
Letzte Woche hab ich zwei alte
Rezepte für Kodein und Percodan wieder-
gefunden und in sechs Tagen vierzig
Kodeintabletten und zwanzig Percodan
geschluckt.
Weil ich so zu war, hab ich gedacht
ich hätt das Percodanrezept in den Müll-
container geworfen und hab ne halbe
Stunde da drin rumgewühlt, bis mir
eingefallen ist, daß ichs unter meiner
Unterwäsche versteckt hab, damit meine
Mutter es nicht findet.

Vor ein paar Wochen bin ich aus dem
Bett gefallen und hatte so 'n
gräßlichen schwarzblauen Fleck
ganz oben am Schenkel, und meine

Mutter hat drauf bestanden, daß
ich in die Notaufnahme vom Presbyterian
Hospital geh; dort hat mir ein junger
Assistenzarzt mit Filzstift 'n Kreis
um den Fleck gemacht und synthetisches
Morphium gespritzt und dreißig
Percodan verschrieben. Dann bin ich
zu meinem Internisten gegangen, der hat
sich den schwarzblauen Fleck mit dem
Kreis drum angesehen und mir 'n Rezept
für 40 Kodeintabletten ausgestellt.

Herrgottnochmal, ich sag weg mit
der Rezeptpflicht und gebt uns
Country Joe and the Fish zurück!

ABGESTÜRZTE TREFFERQUOTE

Es löst sich auf und verschwindet;
alle, die wir für groß, für außer-
gewöhnlich hielten – spurlos
verschwunden; sogar die Katze
die grade noch über den Teppich schlich
verpufft wie ein Wölkchen Rauch;
Nationen gehen ein und werden
über Nacht zehntrangig;
der Schlagmann mit der Trefferquote
von 33 Prozent sieht den Ball
nicht mehr kommen und trifft nur noch
19 Prozent, sitzt im Spielergraben
abseits und fragt sich was mit dem
Rest seines Lebens wird;
der Champ im Schwergewicht wird
bewußtlos geschlagen von einem
40:1 gewetteten Außenseiter;
es löst sich auf und verschwindet –
Geliebte machen sich aus dem Staub
und alte Autos bleiben mitten in
der Rush Hour liegen auf dem Freeway;
ich seh ein Foto von mir und
überlege: Wer ist der linkische
närrische alte Mann?
Es verpufft. Die Nächte voll
Unwetter und Hunger sind
friedlich geworden. Ich suche
nach meinem halben Gebiß auf
dem Bücherregal. Nicht mal
eine letzte Zeile für dieses
Gedicht fällt mir ein.

Manchmal sieht der Mensch
schon vor dem Tod
seinen Geist.

AM ENDE

Ich sitze hier, und aus
der tiefschwarzen Nacht
erscheint ein weiteres
Gedicht und sagt
warte
warte
schau, wie ich
übers Blatt
stolziere
Buchstabe für
Buchstabe
wie eine deiner
Katzen
wenn sie über
die Motorhaube
deines Autos
stelzt.
Schau mir zu
wie ich mal wieder
abhebe – nach
Mexiko oder
Java
oder wie ich dir
ein mulmiges Gefühl
im Magen mache.
Warte noch –
Nächte wie diese
sind für so etwas
gedacht; und
für mich
weil ich dich

beherrsche: Mein
Gefangener hier
vor dem hellen
Bildschirm.
Du wirst tun
was ich will
denn ich
schreibe
dich
und nicht
umgekehrt.
Es war immer so
und wird so
bleiben.
Ich bin
das letzte
Gedicht dieser
Nacht.
Wenn du nebenan
im Dunkeln
schläfst
wirst du mich
vergessen
wie alles
andere;
du mit deinem
blöden halb-
offenen Mund
während du im
Tiefschlaf
schnarchst.
Ich aber
werde hier
warten, unsterb-

lich, und wenn
du tot bist
und der schwarze
Himmel ein
letztes Mal
für dich rot
aufblitzt
werden deine
dumpfen Gebeine
nur noch Staub
wert sein. Und
ich lebe weiter.

ALPTRAUM MIT RICHARD NIXON

Ich saß auf der Bühne und wollte
grade anfangen, da kam Richard
Nixon rauf (oder ein Doppel-
gänger) mit dem bekannten
starren Lächeln; er ging
auf mich zu, machte den Arm lang
und eh ich mich versah, schüttelte
er mir die Hand.
Wie kommt der dazu? dachte ich
und schickte mich an, ihm
ordentlich die Meinung zu sagen
da verschwand er ganz plötzlich
und ich sah nur noch das grelle
Licht der Scheinwerfer und
das Publikum da unten.

Mit zitternder Hand griff ich
nach dem Glaskrug und schenkte
mir ein Glas Wodka ein.

Das muß eine Dichterlesung
in der Hölle sein, dachte ich.

War es auch. Ich trank und
der Wodka wurde zu Wasser.

Ich begann mit dem ersten Gedicht:
»Ich ging dahin, von Wolken-
einsamkeit umfangen ...«

Wordsworth!

OMA EMILY

Großmama litt arg an
Blähungen.
Wir sahen sie nur sonntags
doch kaum setzte sie sich an
den Tisch, da ließ sie
schon den ersten fahren.
Sie war achtzig und sehr
korpulent. Ihre große Brosche
mit dem Brocken Glas war das
Auffallendste an ihr. Abgesehen
von den Pupsern.
Grade wenn das Essen aufgetragen
wurde, ließ sie eine ganze
Serie ab; vier oder fünf, und
laut, während wir uns Fleisch
abschnitten, Kartoffeln nahmen
und Soße drüberlaufen ließen.

Niemand sagte etwas. Ich schon
gar nicht: Ich war sechs.
Nur Großmama führte das Wort.
Nach vier oder fünf Knallern
sagte sie etwa: »Euch werd ich
noch alle beerdigen!«

Mir paßte das gar nicht.
Erst furzt sie, und dann
sagt sie so was.

Es passierte jeden Sonntag.
Sie war die Mutter meines
Vaters.

Jeden Sonntag gabs Tod und
Gestank und Kartoffelbrei
mit Soße und diese große
Glasbrosche.

Das Sonntagessen endete immer
mit Apfelkuchen und Eiskrem
und einem großen Krach.
Großmama rannte irgendwann
aus dem Haus und fuhr mit der
roten Straßenbahn zurück nach
Pasadena. Das Wohnzimmer
stank noch eine ganze Stunde.
Mein Vater ging auf und ab,
wedelte mit einer Zeitung und
sagte: »Das liegt an dem
verdammten Sauerkraut, das
sie dauernd ißt!«

ZIEH, DU FEIGES AAS

Man liest nicht viel davon
aber im alten Westen wurden viele
einfach von hinten abgeknallt.

Sich auf der Straße mutig zum
Duell zu stellen, das
war selten.

Der beste Schütze war meistens
der, der den Gegner erledigte
während dieser was trank oder aß
oder Karten spielte, mit einer
im Bett lag oder sonstwie
beschäftigt war.

»Ein Toter kann sich nicht
beschweren«, pflegten sie
zu sagen.

Im neuen Westen hat sich nichts
geändert, nur die Bewaffnung.
Jetzt kann einer 17 oder 18
Kugeln in den Rücken kriegen
schneller als man ›heiliger
Strohsack‹ sagen kann.

AUS UND VORBEI

Die rote Fokker mit dem auf-
gemalten Eisernen Kreuz
segelt durch mein Hirn
da reißt mein Vater die
Tür zur Hölle auf und schreit
meinen Namen, und ich weiß
es wird Zeit, die Wahrheit
zu schlucken: Zwar kann es
zwischen uns keine
        Aussöhnung geben
doch das Popeln in alten
Wunden wäre eine dumme
Strapaze fürs Herz.

Die rote Fokker mit dem auf-
gemalten Eisernen Kreuz
fliegt davon und verschwindet
über Brasilien und ich
schließe die Augen. Das
letzte Licht verdämmert
im Auge des Falken und der
sinnlose Zorn der Lebenden
auf die Toten verpufft
        für immer.

PALL MALL

Mein Vater tat immer so
als werde er eines Tages
reich sein. Er wählte immer
die Republikaner und sagte mir
ich müsse nur jeden Tag meines
Lebens hart arbeiten, dann
werde es mir reich
gelohnt.

Er arbeitete hart; wenn er mal
einen Job hatte. Er hängte sich
so rein, daß keiner ihn
ausstehen konnte.

»Was ist denn mit dem?
Hat er ein Rad ab?«

Mein Vater war ein verschwitzter
rotgesichtiger zorniger
Mensch, und je mehr
er sich anstrengte
desto ärmer
wurde er.
Sein Blutdruck stieg
sein Herz schlug
unregelmäßig.
Er rauchte Camels und
Pall Mall. Überall
lagen halbleere Packungen
herum. Schlag acht Uhr abends
ging er schlafen und stand

frühmorgens um fünf auf, und
er neigte dazu, Frau und Kind
anzuschreien und zu
vermöbeln.

Er starb früh.
Nach der Beerdigung
saß ich in seinem leeren Haus
im Schlafzimmer und
rauchte seine letzte
Packung Pall Mall
zu Ende.

Er dachte, es gäbe nur
eine Formel, eine Methode:
Seine.

Es war nicht so, daß er sich
davonstahl, als er starb.
Aber seine sture Einstellung
ging mir immer gegen
den Strich.
Ich sprach ihn einmal
darauf an – das Leben, sagte
ich, sei doch eine eher öde
und traurige Angelegenheit
und alles, was man sich davon
erhoffen könnte, wären
ein paar Augenblicke, die man
in Ruhe und Frieden
genießen kann in dem
ganzen Schlamassel.

»Du und deine große Klappe«,
gab er zurück. »Du hockst doch

bloß auf dem Arsch. *Meine*
Antwort ist: Anständige Arbeit
für 'n anständigen Lohn.«

Wenn ich zurückdenke
war nicht allein mein Vater
daran schuld, wenn ich
unglücklich war.
Als ich die letzte Pall Mall
aus jener letzten Packung
geraucht hatte und das
Papier zerknüllte und
wegwarf, verschwand
auch er endgültig
aus meinem Leben.

NETTER KERL

Ich nahm ihn aus, fuhr seinen Wagen
zu Schrott und schlief mit
seiner Frau. Natürlich schlief
jeder mit seiner Frau. Er war einfach
der netteste Kerl weit und breit.
T. K. Kemper hatte zwei Jahre
bei den Green Bay Packers gespielt
dann mußte er wegen einem kaputten
Knie aufhören. Er machte eine Reparatur-
werkstatt auf, leistete auch prima
Arbeit, aber er war ein lausiger
Kartenspieler; wir machten ihn
besoffen und nahmen ihn aus, und
im Hintergrund wartete mit raushängenden
Titten seine Frau.
T. K. Kemper.
Ein Brocken von einem Kerl.
Hände wie Speckseiten.
Der Blick seiner blauen Augen
offen und ehrlich.
Hätte dir sein letztes Hemd
gegeben. Jederzeit.
Eines Tages, nach Feierabend, sah er
zwei Strolche, die einer alten Dame
die Handtasche wegrissen.
Er rannte hinter ihnen her und
holte grade auf, da fuhr einer der beiden
herum, hatte eine Knarre in der Hand
und gab fünf Schüsse auf ihn ab.
Kemper war ein Brocken von einem
Kerl, aber alle fünf trafen, er

schlug hart aufs Pflaster und
rührte sich nicht mehr.
Zu seiner Beerdigung kam eine ganze
Menge Leute. Seine Frau
schluchzte.
Mein Freund Eddie hat sie getröstet
und anschließend mit nach Haus
genommen und
gefickt.

T. K. Kemper.
Schlimmes Knie.
Gutes Herz.

Er war nicht gemacht für unsere
gleichgültige Welt.

Nur mit unwahrscheinlichem Glück
brachte er es auf
29 Jahre.

DER NEUE

Eines frühen Morgens, ich war grade
zwanzig, die große Wirtschaftskrise
dauerte noch an, ging ich die Gleise der
Union Pacific lang und übern Rangierbahn-
hof zu der Stelle, wo wir uns
einzufinden hatten. Es war
mein erster Arbeitstag und ich
machte mich auf einiges gefaßt.
Drei dunkle Gestalten versperrten mir
den Weg, die Beine leicht ge-
spreizt, die Gesichter
ausdruckslos. Als ich näher kam
faßte sich einer an den Sack; die
anderen grinsten. Lüstern.
Ich ging entschlossen auf sie zu
und im letzten Moment machten sie
Platz. Nach ein paar Schritten
blieb ich stehen und drehte mich um.
»Ich nehm's mit jedem von euch auf.
Nacheinander. Will schon mal
einer anfangen?«

Keiner rührte sich. Keiner
sagte was. Ich ging rein, nahm
meine Stechkarte aus dem Regal
und drückte sie in den
Stempler.
Der Kapo kam her. Sein Gesicht
war sogar noch häßlicher
als meins. »Paß auf«, sagte

er. »Hier wird gearbeitet und
kein Stunk gemacht.«

Ich ging an die Arbeit.
Während ich einen verdreckten Waggon
mit Seifenlauge und Wurzelbürste schrubbte
kam der Anführer der drei und sagte:
»Paß bloß auf, du. Dich kriegen
wir dran.«
»Möglich«, sagte ich. »Aber leicht
mach ich's euch nicht.«

Die Arbeit war erträglich. Mein
verkaterter Zustand ließ nach und
es war ein Erfolgserlebnis
wenn die Dreckschicht sich auflöste
unter der schäumenden Bürste.
Billige Kneipen luden zu einer
abendlichen Tour ein, und in meinem
Zimmer wartete immer eine
Flasche auf mich.

Als ich während der Mittagspause
in der Kantine aufstand und mir eine
Limonade holte, unterbrachen die drei
ihre Unterhaltung und starrten
zu mir herüber.

Doch es vergingen Tage und
Wochen, ohne daß sich
etwas tat.

Ich gab dem Job sechs Wochen
dann nahm ich den Trailways Bus

nach New Orleans und während ich auf das weite leere Land hinaus-sah und mich an einer Halbliterflasche Cutty Sark stärkte, fragte ich mich wann und wo ich zur Ruhe kommen und dazugehören würde.

KLEOPATRA MIT SECHZIG

Sie war einer unserer schönsten
Filmstars, mit einer Reihe von
reichen berühmten Männern verheiratet;
jetzt liegt sie mit gebrochenem
Rückenwirbel und einem Streckverband
in der Klinik, benebelt von schmerz-
stillenden Mitteln.
Sie ist inzwischen sechzig.
Noch vor wenigen Jahren wäre
ihr Zimmer übergequollen von Blumen,
das Telefon hätte nicht aufgehört
zu klingeln, für die vielen Besucher
hätte es eine Warteliste gegeben.

Heute bekommt sie wenig Anrufe; die
Blumen im Zimmer sehen aus, als
hätte sich jemand verpflichtet
gefühlt; Besucher sind rar.

Doch mit den Jahren hat die Lady
an Reife gewonnen, sie weiß jetzt
mehr, versteht mehr, empfindet
tiefer, sieht das Leben
wesentlich unverkrampfter.

Nur nützt es ihr nichts. Kein
junges knackiges Ding mehr, die
Beine verführerisch übereinander-
geschlagen, die veilchenblauen Augen
schummrig hinter den langen schwarzen
Wimpern; nicht mehr schön, nicht

mehr gefragt; nicht mehr fotografiert
mit neuen jungen Liebhabern in den
teuersten Restaurants, angetrunken
und arrogant.

Der nächsten Generation eröffnen sich
neue Horizonte, und sie ist ver-
gessen in ihrem Krankenhausbett
mit einer Bettpfanne
unterm Hintern.

Im Streckverband bietest du einen
jämmerlichen Anblick mit sechzig;
niemand will bei dir im Zimmer sitzen,
es ist zu deprimierend.

Da draußen ist nur gefragt, was jung
und schön und kräftig ist.

Die einst berühmte Schauspielerin
vergessen in ihrer Klinik – was für
Erinnerungen kommen ihr, an ihre
Liebhaber, ihr Publikum von einst,
ihre entschwundene Jugend; während
die Stunden und Tage so zäh
vergehen.

Was geht ihr wohl durch den Kopf;
hat sie vielleicht ihr wahres Ich
entdeckt, zu echter Einsicht
gefunden, wenn auch vielleicht zu
spät? Und wenn die Einsicht so
spät kommt – ist das wirklich
besser als nichts?

DER FEIND

Ich sah ihn immer wieder an und
dachte: Die Ohren wirken künstlich
und der Mund ist blöd und die Augen
sind verkehrt, seine Schuhe sehn aus
wie vertauscht, und seine Stimme
ist eine Zumutung. Sein Hemd
hängt ihm von den Schultern, als wollte
es von ihm weg. Er kaut wie ein Hund.
Seh sich bloß einer diesen Adams-
apfel an! Und warum redet er am liebsten
von Geld und Arbeit. Warum rödelt er
zornig in der Badewanne rum. Und warum
hat er einen Haß auf mich. Und ich
auf ihn. Warum sind wir Feinde. Warum
sieht er aus wie ein Idiot. Wie komm ich
bloß weg von ihm.

»Was starrst du mich so an?!« schreit er.
*»Ab in dein Zimmer! Dich knöpf ich
mir noch vor!«*

»Von mir aus.«
»Was??«
»Von mir aus.«

*»So redest du nicht mit mir!
Ab in dein Zimmer!«*

Das Zimmer war eine Wohltat.
Ich brauchte ihn nicht mehr zu
sehen und zu hören. Ich sah die

Kommode an, den Teppich: Ein erhebender Anblick. Ich setzte mich hin und wartete ab.

Stunden vergingen.

Draußen wurde es Nacht. Er saß jetzt im Wohnzimmer und hörte Radio.

Ich kickte das Fliegengitter raus und stieg aus dem Fenster; ging in der kühlen Nachtluft durch die Straßen.

Ich war fünfzehn und auf der Suche nach etwas. Irgendwas.

Es war nicht da.

SCHNARCH NICHT

Mit Mordszähnen und klobiger Nase
kommt es direkt auf mich zu
mitten in der Nacht, ich liege
schreckensstarr im Bett, brüllend
stürzt es sich von der Decke
auf mich. Im letzten Augenblick
wälze ich mich zur Seite, und
es landet zwischen mir und meinem
weißen Kater. Den schleudert es
hoch, er prallt von der Decke ab,
dopst vom Bett hoch, springt
mit einem Satz durchs Fliegen-
gitter und landet unten im Jacuzzi.
Ich stehe auf, seh ihm zu, wie er
an den Beckenrand schwimmt und
sich hochstemmt. Da sitzt er
im Mondschein und leckt sich.
»Was ist?« fragt meine Frau.
»Muß nur mal aufs Klo«, sage ich.

Als ich wiederkomme und unter
die Daunendecke krieche, sagt sie:
»Schnarch nicht.«

Ich starre hinauf zu der Stelle
von der das Phantom auf mich ge-
plumpst ist. Ich tu es zwei
Stunden lang. Dann schlafe ich
wieder ein. Und habe einen
Traum, in dem ich nackt
mit so einer alten Dampflok

durch ein Einkaufszentrum fahre.
Ich lächle und winke nach
beiden Seiten, aber niemand
scheint mich zu
bemerken.

ZUM GÄHNEN

Wer sich langweilt, weiß
verdammt gut, daß er bald auch
andere langweilen wird; und zwar
alle mit denen er in Kontakt
kommt: Am Telefon, am Post-
schalter, beim Spaghetti-
essen.

Ach, all die ermüdenden Leute
mit ihren ermüdenden Geschichten:
Was ihnen das ungnädige Leben
alles reingewürgt hat, wie
beschissen sie dran sind und
nichts weiter tun können, als
dir alles zu erzählen.

Dann treten sie einen Schritt
zurück und warten darauf, von dir
getröstet zu werden. Während
dir eher danach ist, sie voll-
zupissen. Vielleicht hören sie
dann auf, sich bei dir zum
Essen einzuladen. Und dir noch
mehr aus ihrem tragischen Leben
zu berichten.

Es werden immer mehr. Draußen,
umwölkt von Düsternis, stehen sie
Schlange und warten auf dich:
Den einzigen, der ihnen zuhört.
Hunderte von einstigen Freunden

Geliebten, Bekannten haben sie
schon verprellt und müssen
immer noch pienzen und sich
beklagen.

Ab heute schick ich sie alle
zu dir. Mach schon mal dein
Mitgefühl und Verständnis
flott.

Wer weiß, vielleicht triffst
du am Ende der Schlange
auf mich.

STRASSENKRAWALL

Ein guter Tag dafür, eine gute
Zeit, jeden Augenblick kanns
dich erwischen.

Sie schießen jetzt von den Dächern.
Der Nachthimmel ist rot verqualmt.

Was willst du mehr? Du kannst
aus dem Fenster schau'n oder es
dir auf dem Bildschirm ansehen.
Jacke wie Hose.

Sie lassen wieder alles raus.
Lüften sich durch.
Ist gesund.

Die Cops bleiben in Deckung.
Keiner langweilt sich heut nacht.
Der sicherste Platz ist jetzt
im Knast.

Endlich hat jeder ein seltsam
lebendiges Gefühl.
Party Time!

Diese Stadt ist die ganze Welt.
Sie walzt dich nieder.

Ein guter Tag dafür, eine
gute Zeit!

Die Hölle kommt auf die Straße
und will mit dir spielen.

D.N.F.

Sie erschossen das Pferd.
Mit der Kugel im Kopf
kickte es noch viermal mit
den Läufen; das Fell
glänzend vor Schweiß.

Sie schoben es in einen grünen Anhänger
gezogen von einem gelben Traktor
gefahren von einem Mann mit einem
grauen Filzhut.

Ich ging wieder rein und sah
einer jungen Frau an den Beinen hoch
die dasaß und die Turfzeitung las.
Sie machte mich heiß.

Das tote Pferd war meine letzte
Wette gewesen. Mein Pferdeverstand
war baden gegangen.

Da schaute sie hoch. Ich war
ertappt.

Ich drehte mich um, ging zu
einem der weißen Trinkbrunnen
beugte mich runter und trank.

Anm. *d.n.f.* (did not finish) – hat das Rennen
nicht beendet.

DER PRIVATKRAM

Irgendwann will man sie nicht mehr
lesen, die laschen kleinen privaten
Dinge. Gedichte von einem Besuch bei
Muttern, vom gestohlenen Auto, vom
Onanieren im Bestattungsinstitut.
Der endlose Privatkram – wie groß
dein Busen ist oder daß du mal
Oben-ohne-Tänzerin warst; oder wie du
in der Nachtschicht an deiner Maschine
gestanden hast und heiße Metallsplitter
drangen dir unter die Fingernägel; wie
viele Frauen oder Männer du gehabt
hast; wie du auf Fragen deiner Studenten
eine falsche Antwort gibst und es erst
nach zwei Wochen merkst; wie du auf
dem Motorrad deines Freundes über die
Landstraße gerast bist, während er dich
von hinten nahm; oder wie sie dir, als
du sie am Steuer abgelöst hast, einen
geblasen hat, um Mitternacht irgendwo
in der Wüste von Arizona.

Der Privatkram wäre in Ordnung
wenn er besser geschrieben wäre.
Doch bei all diesen kleinen Gedichten
fühlt man sich, als würde man vom
nächsten Barhocker beharrlich
angehaucht.

Das erinnert mich an was:
Da saß ich mal eines Abends
in einer Bar und …

KEINE HOFFNUNG AM NORDPOL

Keine Chance.
Nichts.
Zieh dir die Schuhe
an und aus.
Radle durch einen
Park in Paris.
Lies die großen Werke
unserer Zeit.
Nichts.
Sieh den Trapezkünstler
abstürzen.
Keine Chance.
Blinzle, kratz dir die Nase.
Nichts.
Sitz beim Zahnarzt auf dem
Behandlungsstuhl und starre
Gott ins Gesicht.
Nichts.
Sieh das Pferd Nr. 6 aus der
Startmaschine fliegen wie
eine Kanonenkugel.
Keine Chance.
Die Nr. 8 wird es
überholen.
Keine Chance in Las Vegas
keine in Monte Carlo
keine in Southern California.
Keine Hoffnung am Nordpol.
Zieh dir die Schuhe an
und wieder aus.
Nichts.

Die Fenster glitzern am schwarzen
Morgen. Ein chinesischer Jude
bibbert im Frost. Ich begrabe
meinen Vater in einem
grünen Mantel.
Keine Chance.
Ich kann die trüben Aussichten
nicht ertragen, aber ich muß.
Es steckt drin. Ich komme
davon nicht los.
Da stehn meine Schuhe unterm Bett.
Mitsamt den Schnürsenkeln
erkaltet, tot.
Keine Chance.
Die Trauer brüllt und springt
die Wände an.
Eine der Katzen hat etwas
erspäht, das ich nicht sehen
kann. Ich lächle. Nicke.
Nichts.
Nichts Neues.
Ich reiße das Zellophan
von der Zigarre.
Nichts geschieht.
Die Zivilisation stürzt
wie eine Riesenwelle in sich
zusammen.
Eine Motte wagt sich zögernd
ins Zimmer
Die Musik bricht ab.

O JE

So oft ich ein Foto von mir
sehe, denke ich: O je.
Sieh dir diesen häßlichen
aufgedunsenen Walfisch an!

Kein Wunder hatte ich so ein
Problem, die Tussen von der Couch
ins Schlafzimmer zu kriegen.

Und mußte mir erst Mut antrinken
eh ich es versuchte.

MEIN VERHÄNGNIS SCHMUNZELT UND SAGT: NUR WEITER SO ...

Acht oder zehn Gedichte pro Nacht –
das einzig Wahre.
Das Geschirr im Ausguß hinter mir
ist seit zwei Wochen ungespült.
Das Bett ist ungemacht und
müßte frisch bezogen
werden.
Die Hälfte der Glühbirnen –
durchgeschmort. Es wird
dunkler und dunkler
hier drin.
Ich habe Ersatzbirnen
aber ich kriege die
Schachteln nicht auf.
Angeschmuddelte Unterhosen
in der Badewanne, und der
Rest meiner schmutzigen Wäsche
im Schlafzimmer verstreut.
Trotzdem sind sie mich
noch nicht holen gekommen
mit ihren Dienstmarken und
Vorschriften und tauben Ohren.
Ah, die und ihre Launen!
Wie der Fuchs und alle anderen
lasse ich Jagd auf mich machen.
Wenn ich schon nicht der
glücklichste Mensch auf
Erden bin, dann aber ganz sicher
der mit dem meisten Schwein.

KOMISCHER BESUCH

Vor zwanzig Jahren, als ich noch ein
hungerleidender Autor war, hielt eine
Lady in einem goldglänzenden Cadillac
vor meiner bescheidenen Hütte, stieg aus
und klopfte an meine Tür. Sie
lächelte, war elegant
gekleidet, eine richtige
Schönheit.

Dann saß sie auf meiner Couch, ich
goß ihr einen Drink ein, und sie
sagte: »Ich bin die Rattenkönigin
im Körper einer Frau.«

»Sie sehn toll aus«, sagte ich.

»Ich lade Sie ein, bei uns zu leben
im Königreich der Ratten. Die
Welt wird mit einem Knall enden, und
zwar bald, und übrig bleiben nur
die Ratten und ein paar Kakerlaken.
Wir bewundern Sie, und darum bin
ich hier, um Sie zu uns einzuladen
eh es zu spät ist.«

»Gehn wir doch ins Schlafzimmer
und bereden das«, sagte ich.

»Werden Sie nicht frivol«, sagte sie.
»Ich frage Sie, ganz im Ernst: Wollen
Sie sich unserem Königreich der
Ratten anschließen?«

»Trinken Sie noch was«, gab ich
zurück, »und ich denk inzwischen
drüber nach.«

Sie stand auf und ging.
Ich stellte mich ans Fenster
und sah ihr zu, wie sie
in ihren goldenen Cadillac
stieg und wegfuhr.

Vor zwanzig Jahren dachte ich
jemand würde sich einen schlappen
Scherz mit mir leisten.
Heute bin ich mir nicht mehr
so sicher.

Manchmal denke ich
ich hätte mit ihr
gehen sollen.

Es gibt auch Zeiten, da
bin ich sicher, ich hab es
getan.

KALTER SOMMER

Nicht so schlimm, wie es sein
könnte, aber schlimm genug –
in die Klinik, zum Arzt, rein und
raus. Am seidenen Faden.
»In Remission, nein, Moment
da sind zwei neue Zellen, Ihre
Thrombozyten sind viel zu
niedrig – haben Sie getrunken?
Wahrscheinlich müssen wir morgen
wieder einen Knochenmark-
test machen ...«

Der Arzt hat zu tun, das Warte-
zimmer in der Krebsabteilung
sitzt voll.

Die Schwestern sind angenehm
sie scherzen mit mir, ich
finde es nett, im Tal des Todes
noch zu scherzen.
Meine Frau ist dabei. Sie
tut mir leid. Sie tun mir
alle leid.

Dann sind wir unten auf dem
Parkplatz. Manchmal fährt sie
manchmal ich. Heute ich.

»Vielleicht solltest du ein
paar Runden schwimmen, wenn
wir nach Hause kommen«, meint
sie.

Der Sommer war bis jetzt eher
kalt. Heute ist es wärmer
als sonst.

»Mhm«, sage ich und fahre
vom Parkplatz.

Sie ist tapfer, sie benimmt
sich, als wäre alles wie immer.
Aber ich muß jetzt bezahlen
für das Schindluder der
Jahre; es sind zu viele
gewesen. Die Rechnung
ist fällig, und sie wollen
sie in einer ganz bestimmten
Währung.

Hm. Auf ein paar Runden Schwimmen
kommt's jetzt auch nicht
mehr an.

UND ES LOHNT SICH DOCH

Das Krankenhaus berechnete
$ 550 am Tag, nur fürs Zimmer.
Das Erstaunliche war: In manchen
Zimmern lagen Sträflinge.
Ich sah sie an ihre Betten
gekettet, meistens am Fußgelenk.
$ 550 am Tag, plus Verköstigung,
das nenne ich luxuriös. Dazu
erstklassige medizinische
Behandlung und zwei Polizisten
zur Bewachung.
Da ging ich also mit meinem
Krebs durch die Flure und
dachte: Wenn ich das hier über-
lebe, brauche ich Jahre, um die
Rechnung abzustottern, während
die Verbrecher alles umsonst
kriegen.
Nicht, daß ich den Kerlen ganz
ohne Mitgefühl begegnete, aber
wenn dir eine Kugel in der linken
Arschbacke soviel kostenlose
Zuwendung beschert, medizinisch
wie auch sonst, und später
wird dir nichtmal der Tages-
satz berechnet …
Konnte es sein, daß ich den
falschen Beruf hatte?

NICHT MIT MIR

Morgens um halb sechs weckte mich
ein lautes Rumpeln – etwas Schweres
wurde im Flur über den Linoleum-
boden geschoben. Die Tür ging
auf, und im Halbdunkel sah ich
etwas wie ein großes Kreuz
aber es war nur eine Personen-
waage.
»Wir müssen Sie wiegen«, sagte
die Schwester, höflich aber
bestimmt. Sie war eine dicke
Schwarze.
Ich stieg aus dem Bett
wankte rüber, stellte
mich drauf.
Ich hatte Mühe, das Gleichgewicht
zu halten, weil ich so krank
und schwach war.
Sie verstellte das Laufgewicht
und versuchte abzulesen.
»Mal sehn ... ähm ... hmmm ...«
Ich war nah am Runterkippen
als sie schließlich
sagte: »Vierundachtzig.«

Am nächsten Morgen kam ein
Pfleger. Netter Junge, bißchen
dicklich.
Er schob die Waage rein und
ich stellte mich drauf.
Auch er verstellte das Laufgewicht

nach links und rechts und hatte
Mühe, mein Gewicht einzustellen.
»Ich kann mich kaum auf den
Beinen halten«, sagte ich.
»Nur noch 'n Moment ...«
Als ich kurz vor dem
Umfallen war, sagte er:
»Drei'nachtzig-komma-sechs.«

Ich legte mich wieder lang und
wartete auf die tägliche Blut-
abnahme um sechs.

Es muß was geschehen, dachte ich.
Eines Morgens falle ich von der
Waage runter und schlag mir
den Schädel auf.

Um Mittag verwickelte ich die
Oberschwester in eine Unter-
haltung. Sie hörte sich
mein Problem an.

»Also gut«, sagte sie, »wir
wiegen Sie nicht mehr jeden
Morgen, sondern nur noch drei-
mal die Woche – Montag, Mittwoch
und Samstag.«

Ich bedankte mich.

»Ich schreibe es auf Ihre
Patientenkarte«, sagte sie.

Ich weiß nicht, was sie drauf-
schrieb, aber ich wurde danach
nie mehr gewogen; nicht montags
mittwochs, samstags oder an
sonst einem Tag; und ich
war noch zwei Monate in
diesem Krankenhaus.

Tatsache ist, ich hörte das
schwere Rumpeln des Apparats
draußen im Flur überhaupt
nicht mehr.
Ich glaube, sie wogen
gar keinen mehr, außer
vielleicht sich selbst
ab und zu.

Herrgott, das verdammte Ding
war eh zu schwierig
zu bedienen.

DREISSIGSTER GEBURTSTAG

Der war für mich am
schlimmsten. Ich sagte
keinem was davon. Seit
Tagen und Nächten saß
ich in derselben Kneipe.
›Wie lange‹, fragte
ich mich, ›halte ich diesen
Bluff noch durch? Wann
gebe ich auf und werde
wie alle anderen?‹
Ich bestellte noch was zu
trinken und dachte darüber
nach. Dann kam mir die
Antwort: Wenn du tot
bist, Baby; wenn du so
tot bist wie alle
anderen.

CHAMPION

Andre the Giant, tot in seinem
Hotelzimmer in Paris.
Zwei Meter zehn und
250 tote Kilo.

Er war Ringer
gewesen.
Champion.

Vor einer Woche hatte er
seinen Vater beerdigt.

Andre war ein gutherziger
Mensch gewesen. Hatte anderen
Blumen geschickt.

Aber als Toter machte er
Probleme. Sie mußten ihn
da raus tragen, und er
paßte in keinen Sarg.

Vielleicht gab es jetzt
Blumen für ihn?

Andre the Giant. In Paris
hatte er gerungen mit dem
Engel des Todes.

Dieser Gegner ließ
nicht mit sich
reden.

ERSCHEINUNGEN

Ich dachte, ich hätte die mit
den langen braunen Haaren am
Kaffeestand gesehen. Sie hatte
einen Sonnenbrille auf.
Ich zog den Kopf ein, ging
zur Rolltreppe, fuhr ins
Erdgeschoß und verlor mich
im Gedränge.

Ein paar Tage danach
glaubte ich die Rothaarige
zu sehen. Es sah nach ihrem
Hintern aus, und als sie
den Kopf zur Seit drehte
war ich mir fast sicher,
daß sie es war.

Ich verzog mich rasch ins
nächste Stockwerk und ging
rüber ins Klubhaus.

Möglich, daß ich mir nur
einbilde, ich hätte zwei
von den Frauen gesehen, von
denen ich einmal dachte
ich könnte nicht
ohne sie leben.

Hm. Wenigstens sind mir
nicht auch noch die
anderen fünf begegnet.

ROLLKOMMANDO

Die Schwester stand mit dem Rücken
zu mir und sagte: »Ich muß die
Bläschen aus dem Schlauch
kriegen ...«
Ich hustete. Und hustete noch
einiges mehr. Dann fing ich an
zu zittern. Ich zitterte und
bebte und zuckte:
Ich bekam keine Luft mehr. Mein
Gesicht brannte. Doch am schlimmsten
war der Schmerz ganz unten an
der Wirbelsäule. Ein schwarzer
Schmerz, nicht zum Aushalten.
Im nächsten Augenblick gab es
laute schnarrende Warnsignale,
und schon schoben sie mich
in meinem Bett hinaus; fünf
oder sechs Schwestern drängten
sich um mich, jemand hielt
eine Sauerstoff-Flasche fest, dann
hatte ich Plastikröhrchen in der
Nase und bekam wieder Luft.

Sie schoben mich in einen großen
Raum gegenüber von der Schwestern-
station. Es war wie im Kino. Ich
wurde an einen Apparat angeschlossen
und dünne blaue Wellenlinien
liefen von links nach rechts
über den Monitor.

»Brauchen Sie noch Sauerstoff?«
fragte eine der Schwestern.

»Versuchen wir's mal ohne.«

Es ging.

»Was kostet mich das extra?«
fragte ich.

»Keine Sorge, das gehört zum
Service.«

Nach einer Weile kamen sie
mit einem transportablen
Röntgengerät.

»Wie lange bleibe ich hier?«

»Über Nacht. Oder bis der
nächste Notfall kommt ...«

Dann war meine Frau da.
»Großer Gott, ich bin in
dein Zimmer gegangen und
du warst nicht da, nichtmal
dein Bett! Warum bist
du hier drin?«

»Sie wissen es selber
noch nicht.«

»Es muß doch einen
Grund haben.«

»Sicher.«

Na, ich war nicht gestorben
und meine Frau behielt
die blauen Wellenlinien
im Auge und ich sah den
Schwestern zu, die Tele-
fonhörer abnahmen und
Sachen auf Formulare schrieben
es war eigentlich ganz
angenehm, beinahe interessant
nur daß es keinen Fernseher
gab, so daß mir die Sumo-
Ringer auf Kanal 18
entgingen.

Am nächsten Tag sagten mir
die Ärzte, sie hätten keine
Ahnung, was zu dem Zwischenfall
geführt hatte; und zwei Pfleger
schoben mich wieder in mein
altes Zimmer mit dem winzigen
Fenster, meinem wackeren
Pißbecken und dem kleinen
Christus, den sie mir nach
meinem dritten Tag an die
Wand genagelt hatten.

ERSTES GEDICHT IN FREIHEIT

64 Tage und Nächte in jenem
Bau. Chemotherapie, Anti-
biotika, Blut, das in mich rein-
läuft. Leukämie.
Wer, ich?
Mit 72 hatte ich die närrische
Vorstellung, ich würde friedlich
im Schlaf sterben. Aber
die Götter wollen es anders.
Ich sitze vor diesem Computer,
geschlaucht, nur halb am
Leben, noch immer auf der
Suche nach der Muse.
Nichts scheint, wie es mal
war, und ich bin nur
vorübergehend hier.
Ich bin nicht wiedergeboren.
Ich jage dem Schicksal nur
noch ein paar Tage ab, ein paar
Nächte, so wie
diese.

HACKEVOLL VOR 12 UHR MITTAGS

Sie schloß Freundschaft mit
Hemingway in Kuba, und eines
Tages machte sie ein Foto von
ihm, da lag er schon vor
12 Uhr mittags hackevoll auf
den Fliesen, das Gesicht vom
Alkohol verquollen; der Bauch
hing ihm aus der Hose, und
er sah gar nicht mehr
macho aus.

Er hörte das Klicken der Kamera
und hob ein wenig den Kopf
und sagte: »Honey, *bitte*
laß dieses Foto nie
drucken ...«

Das Foto, gerahmt, hängt
bei mir gleich wenn man
reinkommt, rechts von
der Tür. Ein Geschenk
von der Lady.

In Italien ist grade ihr
Buch über Hemingway
erschienen. Es enthält
allerhand Fotos:

Hemingway mit der Lady
und ihrem Hund.

Hemingways Arbeitszimmer.

Hemingways Bibliothek
mit dem Schädel eines
Wasserbüffels an
der Wand.

Hemingways Bett.

Hemingway und Mary, Venezia,
31 Ottobre 1948.

Hemingway, Venezia, Marzo
1954.

Aber kein Foto
von Hemingway
besoffen vor
12 Uhr mittags.

Für den, der mit dem Wort
so gut umgehen konnte

hat die Lady ihres
gehalten.*

* Inge Feltrinelli

WIE EIN DELFIN

Sterben hat seine Härten.
Jeder Fluchtweg versperrt.
Der Gefängnisdirektor hat ein
Auge auf mich.
Sein böses Auge.
Ich sitze harte Zeit ab,
in Einzelhaft. Weg-
geschlossen.
Ich bin nicht der erste,
nicht der letzte.
Ich sag dir nur, wie's ist.
Ich sitze jetzt in meinem
eigenen Schatten.
Die Gesichter der anderen
verblassen.
Die alten Songs werden
noch immer gespielt.
Das Kinn auf die Hand
gestützt, träume ich
von nichts. Meine
verlorene Kindheit
springt wie ein
Delfin aus dem
gefrorenen Meer.

II Irgendwo in Texas

Für Dr. Ellis

SCHADE DRUM

Wir waren 14, Baldy
Norman und ich, es war
zehn Uhr nachts, wir
saßen im Park um die
Ecke und tranken geklautes
Bier.

Ein Auto fuhr an den
Straßenrand und hielt.
Die Fahrertür ging
auf, eine Lady beugte sich
raus und kotzte in den
Rinnstein. Sie ließ
einen ordentlichen Schwall
ab. Eine Weile saß sie
noch da, dann stieg sie aus
und ging in den Park.
Sie schwankte leicht.

»Die ist besoffen«, meinte
Norman. »Los, die
ficken wir!«

»Okay«, sagte ich.
»Okay«, sagte Baldy.

Mit unsicheren Schritten
kam sie auf uns zu.
Sie war ein bißchen
füllig, aber jung.
Draller Busen, gute
Beine. Stöckelschuhe.

»Der besorg ichs
gut«, sagte Baldy.

»*Ich* besorgs ihr«
sagte Norman.

Jetzt sah sie uns
auf der Bank.
»Oh ...« Sie kam
näher, starrte
uns an.

»Ah, nur 'n paar
nette Jungs ...«

Das paßte uns
gar nicht.

»Lust auf 'n
Schluck, Baby?«
fragte Norman.

»Nee, ich bin
bedient. Ich fühl
mich gräßlich. Hatte
Krach mit meinem
Freund ...«

Sie stand da, im
Mondschein, und eierte
auf ihren hohen
Absätzen.

»Was hat der, was ich

nicht hab?« wollte
Norman wissen.

»Komm schon, Baby«
sagte Baldy. »Ich
kann dir was zeigen
da machst du Augen!«

»Das reicht jetzt.«
Sie machte kehrt und
ging weg.

Baldy sprang auf – er
war selbst schon halb
hinüber – und ging ihr
nach.

»Ich hab was für
dich, Baby!«

Sie fing an zu
laufen. Baldy rannte
hinter ihr her.

Als er nach ihr
hechtete, prallte er
an ihrem dicken Hintern
ab und landete im Gras.

Sie rannte zu ihrem
Wagen, warf den Motor
an und sauste davon.

Baldy kam zurück.

»Scheiße«, fluchte er.
»Diese Nutte!«

Er setzte sich wieder
zu uns auf die Bank
griff nach seiner
Bierdose und drank
einen tierischen
Schluck.

»Die hat es gewollt.
Und wie sie's gewollt
hat!«

»Du hast allerhand
Mumm«, sagte ich.

»Meint ihr, sie
kommt wieder?«
fragte Norman.

»Klar«, sagte Baldy.
»Sie will meinen
strammen Bengel.«

Ich glaube, keiner
von uns dachte, daß sie
wiederkommen würde, aber
wir blieben sitzen
tranken Bier und
warteten.

Wir hatten alle noch
keine Erfahrung, aber

wir fühlten uns sehr
stark, wie wir dahockten
Zigaretten pafften und
Bierdosen leerten.

Später würden wir
nach Hause gehen und
beim Onanieren an die
Frau im Park denken und
uns vorstellen, wie wir
diesen Whiskymund küssen
und ihre Beine im Mondschein
in die Luft ragen, direkt
neben dem Springbrunnen
der seine Fontäne speit;
während im Zimmer nebenan
unsere Eltern in ihrem
Ehebett lagen und es längst
satt hatten.

BURNS

In der Highschool saßen wir
alphabetisch, und Burns war
immer hinter mir. Er war
der wuchtigste Kerl des ganzen
Jahrgangs, aber es war alles
nur Fett. Er war ein ekliger
verfetteter Knilch.

Ständig hatte ich ihn
im Nacken und hörte ihn
schnaufen; hörte, wie er
seine Fleischmassen
verlagerte.

Es war zum Kotzen.
Und was noch schlimmer
war – der dämliche Sack
hielt sich für clever,
hatte dauernd was auf
Lager, stupste mich z.B.
in den Rücken, steckte mir
einen Zettel zu und
zischelte: »Das ist von
Mary Lou. Sie hat gesagt
ich solls dir weiter-
geben ...«

»Big Boy«, stand auf dem
Zettel, »ich bin ja soo
heiß auf dich! Ich kann
die Augen nicht von dir
lassen!«

Dann stupste er mich
schon wieder. »Hey, hey
die will dich!«

Ich ging nicht darauf ein.

»He, Hank, was hat der
Priester gesagt, als er die
Vogelscheiße in seinem
Popcorn gesehn hat?«

»He, Hank ...!«

Zu allem Überfluß
stank er auch noch.
Trug immer denselben
dicken grünen Pullover.
Sogar an den heißesten
Tagen.

Nach jeder Stunde versuchte er
gleichzeitig mit mir raus-
zukommen und lief mir
im Flur nach.

»Hank! He, warte
doch mal ...«

Er war langsam, seine
großen Plattfüße steckten
in klobigen schwarzen
Tretern, die oft aneinander
schlugen, so daß er
strauchelte.

Er war einsam, aber irgendwie
konnte ich kein Mitleid
mit ihm haben. Mir wurde
einfach schlecht von dem Kerl.

Seit zwei Jahren hatte ich
ihn schon im Nacken.

Eines Tages stupste er mich
wieder mal. »Hey, der da
ist von Caroline ...«

Ich faltete den Zettel
auseinander: »Henry, du bist
der Yummy-Yummy-Typ
meiner Träume!«

Ich drehte mich zu ihm um.
Er trug eine dicke Hornbrille
mit runden Gläsern; seine
wulstigen roten Lippen
verzogen sich zu einem
blöden Grinsen.

»Jetzt paß mal auf, Burns«
sagte ich. »Wenn du mich noch
einmal anlangst oder was zu mir
sagst oder mich auch nur an-
siehst, dann mach ich dich
alle. Das garantier ich dir.«

In diesem Augenblick sagte
Mrs. Anderson, unsere Englisch-
lehrerin, laut und vernehmlich:

»Chinaski, Sie bleiben nach
der Stunde da.«

Als alle draußen waren
schaute sie von ihrem
Pult hoch.

»Ich beobachte diesen Zirkus
schon das ganze Schuljahr.
Was haben Sie dazu
zu sagen?«

Ich gab keine Antwort.

»Chinaski, ich werde Ihnen
in Englisch eine Fünf geben.«

»Mir doch egal.«

»Sie können gehen.«

Danach ging ich nicht mehr
in ihren Unterricht. In den
anderen Fächern hatte ich Burns
weiter im Nacken, doch da er
mich nicht mehr stupste oder
anquatschte und ich ihn auch
nicht dabei ertappte, daß er
mich anstarrte, brauchte ich
ihn nicht umzubringen.
Ich mußte nur noch sein
Geschnaufe ertragen.

Das Dumme war jetzt, daß ich
Gewissensbisse bekam, als

hätte ich ihm fürchterlich
unrecht getan. Ich kam mir vor
als hätte ich ihn für immer
in ein finsteres einsames
Loch gesperrt.

Aber ich ließ ihn
wo er war.

Hinter mir. In meinem
Nacken.

Zwölfte Klasse.
Sommer '39.

ÜBUNG

Im Reserve Officers Training Corps
ging es jeden Samstag ins Gelände:
Die Blauen gegen die Roten, über
Stock und Stein, an den
heißesten Sommertagen.
Wir hatten Gewehre, aber ohne
Patronen, die Offiziere hatten
Säbel aus Holz; wir rannten los
warfen uns in den Dreck, gingen
hinter Büschen in Deckung, und
auf einem Hügel stand der
General, der am Ende entschied
wer gesiegt hatte.
Das Lernziel hieß: Wie bringen wir
einander um.
Aber komisch wars schon, wenn die
gegnerischen Parteien unverhofft
aufeinander trafen – was uns
unterschied, waren die Stoff-
lappen an den Gewehrläufen, aber
ich hatte meinen längst ab-
gemacht – alle stürzten sich
sofort auf den Feind, gerieten
in Rage, teilten Kolbenstöße
aus; die Offiziere fuchtelten
mit den Säbeln, und jede Seite
reklamierte den Sieg für sich;
es gab blutige Nasen, Dellen
am Schädel, einer brach sich den
Arm, und ich saß unter einem
schattigen Baum und sah zu.

Auf dem Hügel stand der General
und spähte durch sein staubiges
Fernglas; er war schon
senil und sabberte – aus jedem
Mundwinkel troff ein langer
Speichelfaden.

Los Angeles, Kalifornien.
Ein Samstag im Sommer
1938. Der Tod hatte
einen schwarzen Schnurrbart
und wartete auf uns;
und viele von uns
bekam er auch.

DER TITTEN-TEMPEL

Mit Jimmy und Bill ging ich
fast jeden Sonntag ins
Varieté in der Main Street;
in den Schaukästen hingen Fotos
von den Girls; es waren
nicht immer die gleichen –
manchmal kündigte eine
dann wurde aus der
Tingeltangel-Riege eine zur
Stripperin befördert, oder
eine Stripperin mußte
zurück ins Glied und wurde
durch eine jüngere ersetzt.
Es hatte etwas Trauriges
aber am schlimmsten war es
während der Vorstellung
wenn manche von den alten
Typen sich einen runter-
holten; die jungen machten
es nie, immer nur die
alten, sie saßen fast alle
in der ersten Reihe,
die deshalb »Glatzen-Sperrsitz«
hieß.

Mir gefiel der Komiker
am besten, er hatte viel zu
große Klamotten an, Hosen-
träger, große Latschen an den
Füßen, die Krempe seines
Filzhuts war vorn und hinten

hochgebogen. Er war wirklich
gut. Wir lachten über seine
Witze, seine Schrullen.

Die schönste Stripperin
trat immer zuletzt auf, und
an manchen Tagen zeigte sie
alles.
Es gab auch Razzien; wir
waren nie da, wenn es passierte
aber jedesmal machte das
Theater nach einer Woche
mit denselben Stripperinnen
wieder auf.

Einmal erlebten wir, wie die
schönste Stripperin alles
zeigte. Wir konnten es
nicht fassen.

»Habt ihr das
gesehn?«

»Ja!«

»Ich auch!«

Als wir rausgingen
waren wir noch
wie betäubt.

»Ich wette, die machen
ihnen jetzt den Laden
dicht.«

»Wahrscheinlich war heut
keiner von der Sitte da
und der Geschäftsführer hats
gewußt und hat ihr gesagt
daß sie alles zeigen kann.«

»Wieso werden sie dann
manchmal erwischt?«

»Weil die Sitte ab und zu
'n Neuen schickt, den hier
noch keiner kennt.«

»Ich finde, Frauen sollten
ihre Pussy zeigen dürfen.
Was ist denn schon dabei?«

»Die Kirche hat was dagegen.«

»Scheiß auf die Kirche.«

Wir gingen die Main
Street runter.

So jung würden wir
nie mehr sein.

WAS SOLLEN DIE NACHBARN DENKEN

Das war wohl der Spruch, den ich
von meinen Eltern am meisten
zu hören bekam.
Mir war natürlich schnurz
was die Nachbarn dachten.
Sie taten mir leid, diese
verängstigten Gestalten
die durch ihren Vorhang-
spalt linsten. Jeder
beobachtete jeden. Was
gabs schon groß zu sehen
in der Wirtschaftskrise.
Höchstens mal mich
wenn ich spät nachts
sturzbetrunken nach Hause
torkelte.

»Das bringt deine Mutter
noch ins Grab!« blaffte
mein Vater. »Außerdem, was
sollen die Nachbarn denken?«

Ich fand, daß ich mich
ganz gut hielt: Ohne einen
Pfennig Geld gelang mir
ein Rausch nach dem andern;
eine Fähigkeit, die mir im
späteren Leben noch sehr
zustatten kommen würde.

Noch schlimmer wurde es für meine Eltern, als ich anfing, Leserbriefe an eine der großen Zeitungen zu schreiben. Die meisten wurden gedruckt. Alle machten sich für eine unpopuläre Sache stark.

Da hieß es gleich wieder: »Was sollen bloß die Nachbarn denken!«

Dabei war das Ergebnis ganz interessant: Haßbriefe, sogar ein paar Morddrohungen; und ich bekam Kontakt zu einigen abgedrehten Mitmenschen, die glaubten meine Tiraden wären ernst gemeint.

Es kam zu geheimen Treffen in Kellern und auf Dachböden, komplett mit Waffen, Pakten, Plänen, Reden. Und dort schnorrte ich auch so manchen Drink.

Zu den Treffen kamen hauptsächlich rechtsradikale junge Typen zwischen 17 und 23. »Wir dulden nicht

daß Schwarze unsere Frauen
ficken! Dafür müssen sie
sterben!« Ich bekam
dummerweise gar nichts
zu ficken.

Jedes Treffen begann damit
daß vor der Fahne stramm-
gestanden wurde, was ich
reichlich kindisch fand;
immerhin, die meisten kamen
aus begüterten Familien
und mit manchen von ihnen
zechte ich anschließend.

Ich trank soviel ich konnte
während sie sich ereiferten.
Von mir kam nie ein Wort
aber das schien ihnen nichts
auszumachen: Sie kannten meine
Leserbriefe und hatten keine
Ahnung, daß es nur Mache war.
Nicht, daß ich mich für was
Besseres hielt, aber wenigstens
war ich kein Mitläufer einer
Partei oder Ideologie.
Eigentlich fand ich die ganze
Vorstellung vom Leben und der
Menschheit abstoßend, aber
von den Rechtsradikalen
konnte ich leichter Drinks
schnorren als von alten
Weibern in den Kneipen.

»Ich kanns nicht glauben
daß ich so einen Sohn habe!«
empörte sich mein Vater.

»Was sollen bloß die
Nachbarn denken!« setzte
meine Mutter nach.

Arme, verdammte, patriotisch
verblendete Trottel.

Als sie mich aus dem Haus
warfen, ließ ich das mit den
Treffen sein und hauste allein
in einer Sperrholzbude in
Bunker Hill.
Jetzt brauchten sie sich
nicht mehr darum zu sorgen
was wohl die Nachbarn
dachten.

DAS AUCH

Sanford hatte eine Schwäche
für fiese Streiche, z. B. in
Milchflaschen pissen, Spinnen
die Beine absengen, Katzen
quälen, Wasser in Benzintanks
schütten, usw.

Die Ideen gingen ihm
nie aus.

Wir wuchsen zusammen auf.

Im 2. Weltkrieg meldete er
sich zur Luftwaffe.

»Piloten kriegen die ganzen
Weiber«, klärte er mich auf.

Bei seinem zweiten Einsatz
schossen sie ihm über dem
Ärmelkanal den Arsch aus dem
Himmel.

Man fand nichts mehr von ihm.

Noch so ein fieser Streich
in einer Welt, die voll
davon war.

ARBEITSSCHUHE

Auf Trebe schleppte ich immer
zwei Paar Schuhe mit – eins
für Vorstellungsgespräche und
eins für die Maloche.

Meine Arbeitsschuhe waren
schwer und schwarz und
steif. Manchmal hatte ich
beim Anziehen elende Schmerzen;
an den Zehen waren sie steinhart
und aufwärts gebogen, aber ich
kriegte sie an, auch verkatert
in der Morgenkälte.
Na dann, dachte ich: Auf
ein Neues.
Für einen miesen Lohn schuften
und dafür sollst du auch noch
dankbar sein, schließlich
haben sie dir vor anderen den
Vorzug gegeben.
Wahrscheinlich, weil dein
häßliches Gesicht so
ehrlich wirkt.

Diese Treter mal wieder
anzuziehen war jedesmal
ein schwerer Anfang.
Ich stellte mir vor, wie es
wäre, aus allem raus zu sein.
Am Spieltisch groß
rauskommen oder im Boxring

oder im Bett einer
reichen Dame.
Vielleicht kamen mir diese
Schnapsideen, weil ich zu lange
in Los Angeles gelebt hatte, in
zu großer Nähe zu
Hollywood.

Statt dessen ging ich die
Treppe einer Absteige runter
und bei jedem neuen Anlauf
quetschten mir die steifen Schuhe
die Füße blau. Raus in die
Morgensonne, da ist der
Gehsteig, da die Stadt. Ich
war bloß ein ungelernter
Arbeiter, ein weiterer
Durchschnittsmensch; das
Universum rauschte mir
durch den Kopf und
zu den Ohren raus; die
Stechkarte wartete, daß ich
sie einsteckte, und am Abend
nochmal; dann was zu trinken
und zu den Damen aus
der Hölle.

Arbeitsschuhe, Arbeitsschuhe
in denen ich rumstiefelte
und in mir nichts als
schwarze Nacht.

ERWEITERTER KUNSTBEGRIFF

Wenns einem schlecht geht
konsultiert man Psychiater
und Philosophen, und wenn man
gut drauf ist, machen es
Nutten noch schöner. Sie
sind da für junge und
alte Kerle; zu den jungen
sagen sie: »Keine Angst,
Honey – komm, ich steck ihn
für dich rein.« Und für
die alten zelebrieren sie
einen Act, als wär man
der Größte.
Einer Gesellschaft sollte
klar sein, welchen Rang
die Nutte auf der Werte-
skala einnimmt; ich meine
Girls, denen ihre Arbeit noch
Spaß macht; die daraus beinahe
eine Kunst machen.

Ich denke da an ein Bordell
in Mexiko, das Girl brachte
eine Schüssel Wasser und
einen Lappen und wusch mir
erst mal den Schwanz, er
wurde dabei hart und sie
lachte und ich mußte lachen
sie küßte ihn langsam und zart
dann legte sie sich aufs Bett
und machte die Beine breit;

ich stieg auf und wir machten es
leicht und entspannt, mit Muse
und draußen hämmerte einer an
die Tür und schrie: »Hey, was'n
los da drin? Mach mal!« Doch
es war wie eine Mahler-Sinfonie:
ganz
          ohne
                    Hast.

Hinterher kam sie wieder mit
Schüssel und Lappen aus dem
Badezimmer, wir lachten beide
und sie küßte ihn noch
einmal, langsam und zart, dann
stand ich auf, zog mich wieder
an und ging raus ...
»Menschenskind, was hat'n da
so lang gedauert?!«
»Mein Fick«, sagte ich zu dem
Gentleman, ging den Flur lang
und die Treppe runter und
stand im Mondschein auf der
Straße, rauchte eine dieser
süßlichen mexikanischen
Zigaretten, wieder befreit,
wieder Mensch, für ganze
drei Dollar; da mochte ich
die Nacht und Mexiko und
sogar mich selbst.

DER NAZI-TRAMP

Selbstmord
in einem
Säufer-Hotel

Dreh ihn auf den
Rücken

Sieh ihn dir von
vorne an

Segelschiffe
Schlangen
Girls

auf Brust und
Armen

Sogar Worte
wie Liebe
Annie
Mutter

Und am Hals
das geheime Zeichen
das nur Knastbrüder
kennen

Er war Baumwollpflücker
Tramp auf Güterzügen
Hat in Gleisreparatur-
Kolonnen geschuftet

Vielleicht auch mal
einen erschlagen

Selbstmord
in einem
Säufer-Hotel:

Dieses Mal hat er
einen umgebracht

Dreh ihn auf den
Rücken, sieh ihn
dir von vorne an

Tropfen von Harz
Die Fährte von einem
einsamen Fuchs

Gottes Brandzeichen
in Form eines
Hakenkreuzes

ALL DIESE TODE

Norman, Jimmy, Max
im 2. Weltkrieg gefallen
während ich mich in alten
Pensionen verkroch in
Philadelphia und San
Francisco und mir Mozart
und Bach anhörte.

Anderen erging es
anders. Bei George wars
ein Leberschaden. Dale
starb an übersteigertem
Ehrgeiz. Nick ging
auf die übliche harte
Tour drauf: Krebs. Für
Harry waren eine Frau und
fünf Kinder der Tod.

Jimmy hat es richtig
getroffen – als er es mit
seinem Bomber trotz brennender
Motoren zurück nach England
schaffen wollte.
Norman hat es richtig
getroffen – drei Stunden
bis er an 16 japanischen
MG-Kugeln starb.

Uns andere hat es erst
jetzt eingeholt –
wir sitzen rum, lesen die

Comic-Strips in der Zeitung
trinken warmen Wein
rauchen Selbstgedrehte.
Abends um sechs betören wir
unser Blut und unser Wesen
während wir durch Spinnweben
latschen.

Wir haben, was uns
zukommt –
die Raben, die Wellen
die müden Sonnen-
untergänge, die müden
Mitmenschen.

Manchmal ist erst
nach einem ganzen Leben
Schluß, und manchmal
geht es ruckzuck.

EINER KAM DURCH

Peter war eine Mißgeburt
Peter war fett, eine Dumpf-
backe, unbeholfen, er stotterte
und stolperte, die Mädchen
lachten ihn aus, die Jungs
triezten ihn, nach dem Unterricht
mußte er oft dableiben, die Brille
fiel ihm dauernd von der Nase
seine Schnürsenkel waren lose
das Hemd hing ihm hinten raus
er hatte unmögliche Sachen an
und saß immer in der hintersten
Reihe, und der Rotz lief ihm
aus der Nase.

Das war damals. In der Grundschule
und den ersten beiden Jahren
Highschool. Danach
verloren sie ihn
aus den Augen.

Heute fährt er seine teuren Autos
nie länger als ein Jahr, hat ständig
eine neue und noch schönere Freundin
trägt keine Brille mehr, ist
schlank, sieht beinahe gut aus
hat ein selbstbewußtes Auftreten
ein Anwesen in Mexiko, ein
Haus in Hollywood.
Er ist Kunsthändler, spekuliert
an der Börse, spricht

drei Sprachen, besitzt eine Jacht
und ein Privatflugzeug.
Nebenbei ist er auch noch
Filmproduzent.

Denen aus der Schulzeit
ist er ein komplettes
Rätsel. Irgendwas
ist passiert. Aber
was, zum Kuckuck?

Die meisten Götterjünglinge
von damals, soweit sie
überlebt haben, sind krumm
und bucklig, unrühmlich ge-
scheitert, halb verblödet,
obdachlos, senil oder kurz
vor dem Tod.

Es kommt selten so
wie man denkt.
Eigentlich
nie.

MUSTERUNG

Es war eine staubige Kleinstadt
im östlichen Teil von Texas.
Die Gegend war voll von
Auerhähnen.

Ich hatte gerade die Tochter
geheiratet, und sie waren zu uns
ins Haus gekommen und hatten
mich begutachtet, die ganzen
Verwandten und was weiß ich
wer noch.

Jetzt war es überstanden
und ich saß mit einer Flasche Bier
auf der Bettkante.

»Du hast ihnen gefallen«, sagte meine
Angetraute.

»So?«

»Sie haben einen Stadtpinkel
erwartet. Nicht einen
wie dich.«

»Aha.«

»Du hast mehr Whisky gebechert
als jeder von ihnen, sogar mehr
als Onkel Paul, und du hast
mit keiner Wimper gezuckt.«

»Es war ein guter
Whisky.«

»Du bist akzeptiert«, sagte sie.
»Sie werden uns keine
Scherereien machen.«

»Wieso? War denn damit
zu rechnen?«

»Meinen letzten haben
sie vergrault.«

»Deinen letzten? Also
Moment mal ...«

»Wir waren nur
verlobt.«

»Jemand, den ich kenne?«

Sie lachte.

»Außerdem hast du nicht
protestiert, als der Ausdruck
›Nigger‹ gefallen ist.«

»Ich hab gedacht, sie
meinen mich. Herrgott
nochmal, ich bin ja
auch einer.«

Ich ging in die Küche und
holte mir noch ein Bier.
Der Whisky war alle.

Als ich wieder reinkam
schmunzelte sie. »Aber
weißt du, was der
größte Hit war?«

»Nee. Erzähls mir.«

»Deine total versifften Jeans.«

»Ah ja?«

»Und ob. Sie werden
dich hier nie ver-
graulen.«

Ich hatte die Musterung
bestanden. Jetzt konnte
die Parade beginnen.

IRGENDWO IN TEXAS

Ich sitze mit einer Großmutter und
einem Großvater (nicht meinen)
im großen Haus einer Ranch
und die Großmutter sagt, daß sie
eine »gräßliche Migräne« hat
und nicht mehr weiß, was sie
machen soll.

Ich kenne auch den Grund dafür:
weil ich in ihrem Haus rumhocke.

Der Großvater fragt, ob ich einen
Drink möchte. Ich sage ja
und er macht mir einen Whisky
mit Wasser. Meine Frau
kommt rein und sagt: »Mach ihn
nicht besoffen, Oppi, das gibt
bloß Ärger.«

Ich trinke ex, wende mich an den
Alten und sage: »Wie wärs mit
noch so einem?«

Sie dreht sich um und
geht raus.

So vergeht der Nachmittag. Ich
trinke mit dem Alten, bis er
in seinem Lehnstuhl einschläft.
Danach bediene ich mich selbst.
In den Strahlen der untergehenden

Sonne sitze ich da. Es ist ein
gutes Gefühl.
Nach einer Weile geh ich
hinten raus in den Garten und
sehe einen Indianer, der einen
Hühnerstall zimmert.
Ich setze mich auf die Erde und
seh ihm zu.
»Willst'n Drink?« frage ich.
Er sagt nein.
Nicht dazu aufgelegt.
Also wieder ins Haus. Der
Alte schläft. Großmama hat
immer noch Migräne.
Ich gehe nach oben. Im
Schlafzimmer steht meine
Frau und sagt: »Du bist
ein Ekel.«
»Ja, klar«, sage ich.
Ich lasse mich aufs Bett plumpsen
und starre an die Decke.
Im Gewirr der Risse erkenne ich
einen Engel. Eine Ziege. Einen
Löwen.
Meine Frau rauscht aus dem
Zimmer. Ich frage mich
was sie dem Indianer geben.
Nicht viel. Kost und Logis.
Einen Pott zum Reinpissen.
Ich entscheide mich für
eine Mütze Schlaf. Vielleicht
tut sich später am
Abend noch was.

DER STUMME

Als ich meinen Vater beerdigte
stand der Tod neben mir.
Anschließend stieg ich in mein altes
Auto und fuhr zur Rennbahn
und während ich am Totalisator
die flackernden Notierungen studierte
stand der Tod da und sah sich
die ganzen Menschen an.
»Du hast Dostojewski gekillt«, sagte
ich. Er gab keine Antwort; stand
nur da.
Ich plazierte eine Wette und verlor.
Als ich ins Männerklo ging
kam er mir nach, stand da und
besah sich die Männer an den
Pißbecken.
»Du Drecksau«, sagte ich, »hast
van Gogh dazu gebracht, daß er
sich umbringt.«
Er schwieg auch dazu. Folgte mir
nach draußen, ließ mich stehen und
ging einem Mädchen in einem roten
Kleid nach.
Ich holte mir einen Kaffee
verschüttete einiges und
verbrühte mir die Finger.
Ich fand einen freien Platz und
überlegte mir eine Wette
fürs nächste Rennen.

Auf einmal war er wieder da.
Er saß neben mir, getarnt als
alter Kerl mit einem weißen
Ziegenbart.

»Auf wen tippen Sie im nächsten
Rennen?« fragte er.

»Verflucht nochmal, geh mir
bloß weg, du!«

»Mensch, was ist denn mit
Ihnen?«

»Verschwinde, hab ich gesagt!«
Er stand auf und verzog sich.

Danach sah ich ihn nicht mehr.
Nach dem letzten Rennen
fuhr ich auf dem Freeway
zurück.

Innerhalb von drei Meilen
gings nur noch stockend
voran. Ich blieb auf der
linken Spur und quälte mich
durch.
Dann sah ich es – eine
Karambolage. Üble Sache.
Ein Wagen war auf dem Dach
gelandet, ein anderer in die
Leitplanke geknallt. Unter
der Motorhaube züngelte eine
Flamme heraus. Ambulanzen
kamen mit Rotlicht.

In meinem Magen saugte und
rumpelte es.

Ich fuhr daran
vorbei. Weiter.

Vor meiner Bude parkte ich
stieg aus, die Stufen hoch;
ich schloß die Tür auf –
niemand da.
Dann sah ich den Teddy-
bär, mit dem Gesicht nach
unten, ins Kopfkissen gedrückt.

Mit drei Schritten war ich an
der Kommode und zog die
Schublade auf, in der ich
unter Socken mein Geld
verwahrte.

Nur die Hälfte war weg.

Nett, dachte ich.
Echte Klasse, du
Luder.

Da ging die Tür auf und
der Tod kam herein.

»Trinkst du was mit?«
fragte ich.

Er gab keine Antwort.

Ich ging in die Küche
um nachzusehen, ob noch
was da war.

Jahrhunderte flirrten im
Zeitraffer vorbei.

Während er dastand
und wartete.

SCHMIERGELD

Ich hatte eine Lesung in einem
Coffeehouse in Venice und wir waren
zu früh da, also sagte ich zu
meiner Freundin: Komm, wir gehen
runter an den Strand, dann kann ich
noch ein Bier trinken.
Wir stapften durch den Sand, an
ein paar Anglern vorbei, ich
stellte mich in Positur, Gesicht
zum Ozean, und trank einen
tüchtigen Schluck.
Komm, sagte ich, gehn wir rauf
und noch ein Stück den Boardwalk
lang.
Unterwegs fiel mir ein Mann auf –
einsam auf weiter Flur stand er
da, mit dem Rücken zum Meer, er
hatte ein Flügelhorn, das setzte
er an und blies eine stille
kurze Melodie. Dann brach er ab.
Stand einfach da. Mit dem
Rücken zum Meer.
Als wir zurückkamen, war er
immer noch da. Wieder blies er
dieselbe stille traurige
Melodie und ließ das Instrument
sinken. Es baumelte neben seinem
rechten Knie. Er rührte sich
nicht vom Fleck.

Im Coffeehouse war es heiß; ich
ließ meine Sachen ab, kam
damit durch, stieg wieder
von der Bühne. Dann saßen wir
wieder im Auto und fuhren
zu meiner Wohnung.
»Du hast gut gelesen«, sagte sie.
»Mhm. Danke.«
Doch für mich hatte der
mit dem Flügelhorn den Abend
für sich entschieden.
Ich tastete nach der Rolle
Scheine in der Hosentasche.
Schmiergeld. Und ich
wußte, daß ich an diesem Abend
auf einen Besseren getroffen
war, und der Bessere hatte
gewonnen, und so sollte es
auch sein. Aber das
wußten nur er und ich.

LAUTER OPFER

Diese Köter, sagte sie, stecken
mir dauernd die Schnauze zwischen
die Schenkel. Das nervt. Was
treibt die bloß dazu.
Sie hatte eine dunkelrosa
Strumpfhose an, ihre Hände
wirkten wie 50, das Gesicht
wie 40, aber sie war erst Ende
Zwanzig, Anfang Dreißig, machte
einen Psychiater nach dem anderen
durch und bezog eine Opfer-
rente. Das hätten wir alle
gern gehabt.
Wir sprachen davon, wie
schlecht wir uns fühlten
wenn wir gewisse Insekten
killten, kamen aber zu dem
Schluß, daß es okay war
Spinnen und Kakerlaken zu
killen; es war auch in Ordnung
Fisch und Krebse und Hummer
zu essen; Hühner auch, die
hatten eh kein Hirn, aber
Schweine eigentlich nicht
denn die waren noch klüger
als Pferde.
Ich arbeite als Cocktail-
Kellnerin, sagte sie, und
trage so einen Minirock, aber
ich bins echt leid, daß mir
die Männer zwischen die

Schenkel starren. Ich tu mich
so betüteln, daß ich Drinks
auf die Gäste verschütte
und dann trete ich noch als
Sängerin auf – nicht Rock, das
ist abgemeldet, ich singe
Jazz ...
Willst du meine Frau
werden? fragte ich.
Ja, sagte sie.

Später bekam sie Streit mit
ihrem Freund, und die beiden
ließen mich mit der Weinflasche
allein, und ich saß da
aß ein halbes Hähnchen und
hörte mir Schostakowitsch an
bis fünf Uhr früh.

DICH KENN ICH DOCH

Du mit den langen Haaren, die
Beine übereinander, auf dem
hintersten Barhocker; du
wie ein Schlachtermesser an
meiner Kehle, während die
Nachtigall woanders singt und
das Zischen der Kakerlake durchs
Gelächter dringt.
Ich erkenne dich in dem miserablen
Klavierspieler im Restaurant, der
Mund ein winziges Loch über einer
Jauchegrube, die Augen wie
nasses Klopapier.
Du hast hinter mir auf dem
Fahrrad gesessen, als ich in
meiner Kindheit nach Venice
geradelt bin, ich hab gewußt
daß du da bist, sogar in der
Brise vom Meer habe ich deinen
Atem gerochen.
Ich habe dich gekannt im Bett
wo du verlogene leidenschaftliche
Worte geflüstert und mich mit
spitzen Fingernägeln in dich
gedrückt hast.
In Spanien habe ich dich
gesehen, angebetet von der Meute
während kleine Stierkämpfer mit
ihrem Degen die Sonne zu deinem
Ruhm blutrot färbten.
Ich habe dich gesehen auf dem

Rundkurs von Freund und Feind,
Berühmten und Fremden, während
dem Fuchs in der heißen Sonne
das Herz im Hals schlug.
Die irren Gestalten, mit denen
ich mich am Hinterausgang von
Kneipen geprügelt habe –
das warst jedesmal du.
Ja, du. Du hast Platons
letzte Worte gehört.
Neulich morgens fand ich meine
alte Katze im Garten, die ver-
trocknete Zunge hing ihr schief
aus dem Maul, als hätte sie nie
zu ihr gehört, die Augen
verdreht, die Lider noch weich;
ich hob sie auf, das Licht
schimmerte auf meinen Händen
und ihrem Pelz, meine ignorante
Existenz wütete gegen die
Blumen, die Hecken.
Ich kenne dich. Du wartest
während die Brunnen sprudeln
und die Waagen wiegen. Du
nerviges Luder. Komm nur
rein, die Tür ist offen.

IN DER BAR

In der Bar
hat die Bierflasche
die einer packt
schon verloren
Draußen das Geräusch
von Autoreifen
im Regen
Es blitzt und
splittert
Jemand
lacht

IMMER UND EWIG

Es gibt immer einen, der dir
Holz hackt oder von
Gott spricht;
es gibt immer einen, der
dir das Fleisch schlachtet
oder den Stampfer in das
verstopfte Klo rammt;
es gibt immer einen
der dich beerdigt, es
gibt immer Tiere mit
sagenhaften Augen, und
es gibt immer einen wie
Stanley, der sich zu mir
beugt und leise sagt:
»Hast du gewußt, daß sich
Saroyan am Ende seiner Karriere
seine Sachen von andern
schreiben ließ gegen eine
Beteiligung von 25 Prozent?«
Da sollte ich mich als was
Besonderes fühlen, es sollte
mich aufmuntern, weil ich ein
hungerleidender Autor war
mit einer rekordverdächtigen
Zahl von Ablehnungsbescheiden.
Es hat mich nicht
aufgemuntert.

Es gibt immer einen oder
etwas, das dich noch
elender macht.

**Immer ein überfahrener Hund
auf dem Freeway
Immer eine Nebelwand
voll Rasierklingen
Immer ein besoffener Christus
mit dreckigen Fingernägeln
in der Taverne.**

ZIMMER 106

Mitten in der Nacht
in die Stadt gekommen
noch ein Zimmer gefunden
in einem Motel, Zigarette
angezündet, Schwarzweiß-
Fernseher eingeschaltet.
Ein Pärchen nebenan hat
Streit; Südstaatler; die
Stimmen klingen betrunken.
Ich knipse den Fernseher aus
spähe durch die Lamellen der
Jalousie – mein Auto steht
noch da. Ich ziehe mich aus,
zu müde zum Duschen, kann mir
grade noch die Zähne putzen;
mache das Licht aus, lege mich
im Dunkeln aufs Bett. Nebenan
höre ich sie immer noch; der
Streit ist nicht besonders
interessant; ich bin müde und
kann nicht einschlafen. Nach
einer Weile lassen sie es
sein; jetzt hör ich nur noch
die Autos auf der Straße.
Immer noch kein Schlaf.
Ich stelle mir vor, ich läge
tot auf diesem Bett, das
Zimmermädchen wird mich finden
wenn sie die Bettwäsche und
Handtücher wechseln will.
Sie wird einen halb erstickten

Schrei von sich geben, die Tür
zuschlagen und weglaufen.

Die Vorstellung hat was. Ich
gähne, dreh mich auf die rechte
Seite; durch die Jalousie sehe
ich das Neonzeichen NO VACANCY
und schon fallen mir
die Augen zu.

ZOCKER

Wie seltsam, an einem schwülen
Sommerabend nach Hause zu
kommen, das vollgekritzelte
Rennprogramm nochmal her-
zunehmen und zu sehen, wie alles
gekommen ist.
Mit einem kalten Bier sitzt du
im Unterhemd da und gehst es
nochmal durch, präparierst dich
fürs nächste Mal, den magischen
Augenblick, wenn eine Wette
nach der andern eintrifft.
Es rückt das Leben gerade, es
beweist, daß du dein Metier
beherrschst. Allgemeiner
Konsens, Speed, Pace,
Beständigkeit der Form,
bisher erlaufenes Preisgeld.
Alles da. Das ewige
Geheimnis, gleich
um die Ecke.
Jetzt nicht nachlassen,
die Zeit wird knapp; du hast
70000 Rennen gesehen, die
meisten Jockeys, die du
gekannt hast, sind schon
nicht mehr am Leben. Halt
dich ran, Chinaski, laß die
Gerte nicht fallen, stoß in
die Lücke, das Ziel rast dir
entgegen, da in deinem

Zimmer, an einem schwülen Sommerabend, Zigarette im Mundwinkel … Es kann nur ein Irrsinn sein, ist nie was anderes gewesen, diese endlose Suche nach der letzten Wahrheit, die man nie zu fassen bekommt.

BLUE MOVIE

Der Typ mimte einen betrunkenen
französischen Maler, der in
seinem Sessel eingeschlafen ist
und ich saß mit einem Bier
abseits auf einer Couch. Dann
kamen zwei Girls dazu.

Die eine machte ihm die
Hose auf und massierte
seinen Schwanz. Die andere
stellte sich vor die
Staffelei und malte ein
Bild davon.

Er wachte auf, und die
Girls zogen sich aus, und
der Maler hatte seinen Schwanz
und die beiden Girls, und
er machte alles mit ihnen
und sie mit ihm.

Manchmal war es schwer
die drei Leiber auseinander
zu halten, der Kameramann
zoomte drauflos, und
ich dachte: Mensch, wir
sind doch alle plemplem.

Als der Film abgedreht war
stellte man mir die Akteure
vor. Der Mann nahm Flugstunden

und wollte mal Berufspilot
werden; die Jüngere (kam mir
jedenfalls so vor) finanzierte
ihrer Tochter ein College-
Studium; die andere wollte
nach Asien und Meditieren lernen
oder so was.

Der Kameramann spendierte
eine Flasche Whisky, wir saßen
herum und flachsten und
genossen die Stimmung.

Sie verdienten ihr Geld mit
Pornos in Studio 228, einer
kleinen Klitsche irgendwo
in Hollywood, aber ich hatte
so eine dumpfe Ahnung – wenn
ich jetzt meinen Schwanz
rausholte, würden es alle
vulgär finden, sogar ich.

Also trank ich noch ein paar
dann ließ ich mir von der einen
ihre Telefonnummer geben, für
später, und fuhr nach Hause.

ABGELEHNTE STORY

Als ich noch in diesem Schuppen
an der DeLongpre wohnte, bekam ich
den gehässigsten Schrieb meines Lebens
vom Redakteur einer Sex-Zeitschrift
in der Melrose Avenue.

»Hör mal, Bukowski, du kannst
ganz gut schreiben, aber schick uns
nie wieder so eine Story!
Kein Mann kriegt in 12 oder
24 Stunden so viele Weiber
auf die Matratze, schon gar nicht
ein häßlicher alter Furz wie
du!
Deine bisherigen, fiktiven Sachen
haben uns sehr gefallen
aber trag bloß nicht so
dick auf, die Leser werden es
dir niemals abnehmen
und für uns hier sind deine
grausigen Übertreibungen
eine gottverdammte
Zumutung!«

Tja nun. Ich überflog die
Story und stellte fest, daß sie
vollkommen akurat war. Nichts
war erfunden.

Ich ließ die Seiten zu
Boden segeln, ging in die

Küche und mixte mir
einen Drink. Kaum war ich
wieder im vorderen Zimmer
da klopfte es an die Tür.

Eine junge Dame stand da.
Sie wirkte wild
entschlossen.

»Was machst du grade?«

»Nichts. «

»Also ich fahr jetzt
Nina schnell zu ihrem
Vater und bin gleich
wieder da!«

»Oh. Wie schön, Baby ...«

Sie rannte zu ihrem
Wagen. Im nächsten
Augenblick donnerte sie
die Straße runter.

Ich trank das Glas
halb leer. Da klingelte
das Telefon.
»Hallo?« meldete ich mich.
Eine Frau war dran.

»Was machst du so?«

»Nichts.«

»Trinkst du?«

»Ja.«

»Hast du eine
Frau da?«

»Nein.«

»Wir sind zum Essen
verabredet, und du hast
gesagt, du bleibst die
Nacht bei mir – weißt du
noch?«

»Klar, Baby. Punkt sieben
bin ich da.«
Sie legte auf.

Ich setzte mich mit
meinem Drink.
Trank aus, stand auf
machte mir noch einen
und setzte mich
wieder hin.

Es klopfte.
Meine Vermieterin.
Ihr Gesicht hatte
ziemlich Farbe.
Hatte schon einiges
intus.

»Okay«, sagte sie
»ich hab zwölf

Literflaschen Eastside
im Kühlschrank.
Kommst du?«

»Später ...«

»Daß du mich ja nicht
versetzt, du geiler
alter Hundsknochen!«

»Oh, keine Sorge ...«

Weg war sie. Und ich
schaute auf die abgelehnte
Story am Boden.
Zu dumm, daß manche dachten
nur gutaussehende junge
Kerle bekämen die ganze
Action.
Dabei wollte ich es
gar nicht. Es kam mir
nur beim Schreiben in
die Quere.

Gut, es verging auch mal
ein Tag, ohne daß sich
eine blicken ließ. Da
onanierte ich manchmal.
Das waren die Tage
wo ich meine Arbeit
machte.

Ich hob die Story auf
und steckte sie erst mal
in den Umschlag zurück.

Um sie später einem
Redakteur zu schicken
der mehr gesunden
Menschenverstand
hatte.

DIE SCHÖNE DAME

Wir sind gekommen
um sie zu begraben
in diesem Gedicht

Sie war nicht mit einem
arbeitslosen Süffel
verheiratet, der sie
jeden Abend vermöbelt
hat

Ihre Kinder werden nie
in rotzverschmierten
Hemden und ausgefransten
Kleidern herumlaufen
müssen

Die schöne Dame ist
schlicht und einfach
gestorben

Möge der frische reine
Turf dieses Gedichts
sie bedecken

Sie und ihren Schoß
und ihre Klunker
ihre Kämme
ihre Verse

Und ihre blaßblauen
Augen und ihren

grinsenden
reichen
verängstigten
Mann

FATAL

William Saroyan
hat zweimal
dieselbe Frau
geheiratet

Das heißt
er muß vom
ersten Mal
etwas ver-
gessen
haben

Jedenfalls
meinte er
das hätte
sein Leben
ruiniert

Tatsache
ist aber
daß es sehr
vieles gibt
was einem
Menschen das
Leben ruinieren
kann

Es kommt nur
darauf an, was
ihn zuerst
erwischt

NA ENDLICH

Vollkommen kirre
fährst du am Nachmittag
durch die Straßen, hältst
an Ampeln, besiehst dir
die Fußgänger auf dem
Bürgersteig. Es ist
Realität, aber eine
verblaßte. Du weißt
dein Urteil ist
getrübt; aber was
soll's.
Schon zu lange auf
der Welt. Das ist
dein Problem. Eine
Story, die sich
abgenutzt hat.

Die Ampel wird
grün, du fährst über
die Kreuzung, in eine
Seitenstraße; die Häuser
sind klein, traurig,
mutlos. Der Asphalt
blubbert unter den
Reifen. Aber wo soll
man schon hin. Keine
Überraschung mehr;
kein Staunen.

Schon zu lange auf
der Welt, alter Hund.

Angeschmuddelt vom
Leben.

Zurück zur Avenue.
Du parkst hinter einem
Taco-Stand, steigst
aus, gehst an den
Tresen und wartest.

Eine Dicke stellt sich
vor dich hin und
mustert dich.
Du gibst dich
gelassen. »'n kleinen
Kaffee«, sagst du.
»Schwarz.«

Sie lächelt, und
das Lächeln besagt:
Ich weiß, du hast sie
nicht mehr alle,
aber – schon gut.

Sie stellt dir den
Kaffee hin. Du
setzt dich damit
ins Auto. Schaust
auf eine schmutzig-
gelbe Wand. Schlürfst
das Zeug. Eine bittere
gräßliche Brühe.

Du hältst den halb-
vollen Pappbecher aus

dem Fenster und läßt
ihn fallen, setzt
rückwärts raus, fährst
Richtung Meer.

Da hilft kein Psychiater
keine Psychologin, kein
Gott. Trinken hilft
auch nichts mehr, und
Drogen machen es nur
schlimmer.

Also fährst du
eben weiter.
Hundert Jahre.
Jahrhunderte.
Dein umnebelter
Schädel ragt aus
der Öffnung des
Schiebedachs
schlingert auf
einem langen
Schlangenhals
lächelt ein
blutiges Lächeln.
Endlich – das
Paradies.

STILLES VIERTEL

Fast alle hier
sind auf Drogen
aber die echten Profis
funktionieren weiter;
den ganzen Tag, bis
in die Nacht hinein.
Kümmern sich um ihren
Kram, holen ihre
Wäsche ab, bezahlen
ab und zu eine
Rechnung, bewältigen
ihren Alltag. Es ist
eine Komödie, fast ein
Normalzustand.
Die Gegend ist voll
von ihnen; sie kommen
aus dem Haus, springen
ins Auto, wirken wie
du und ich; bis man
sie besser kennt.
Sie haben Kinder
gehn manchmal zur Wahl
und sehen fern;
sie benehmen sich wie
Durchschnittsbürger, und
was sie sind, wird
für sie irgendwann
normal. Hunderte in
dieser Gegend, permanent
auf Drogen. Niemand
hält sich damit auf.

Sie brauchen den Stoff
zum Weiterleben; wir
wissen alle Bescheid
doch man spricht nicht
davon; während die
Polizei, von den Steuern
der User mitfinanziert,
einen Dealer nach dem
anderen abräumt, in
diesem reizenden
stillen Viertel.

WISSEN, WANN MAN SCHWEIGT

Bin mit meiner Frau und ein paar anderen in einem vornehmen schummrigen Lokal, wir bestellen einen Wein, teures Zeug, der Kellner bringt die Flasche dreht den Korkenzieher rein und rupft ihn raus, ohne den Korken dran; er versucht es nochmal, ruckt daran, und es passiert dasselbe: Außer Bröseln nichts gewesen.

»Geht nicht so leicht, hm?« sage ich.

Meine Frau stößt mir den Ellbogen in die Rippen, der Kellner holt eine andere Flasche, bohrt den Korkenzieher rein – dasselbe wie vorher.

»Sie brauchen einen besseren Korkenzieher«, gebe ich zu bedenken.

Wieder ein Rippenstoß. Der Kellner funkelt mich an, er ist in Rage, macht noch einen Versuch, mit dem gleichen Ergebnis.

»Wow!« sage ich.

Die anderen sehen mich an, als
wäre ich ein frisch verurteilter
Kinderschänder; alle außer mir
sind jetzt empört, während der
Kellner die dritte Flasche holt;
als er den Korkenzieher
ansetzt, fixiert er mich.
Im stillen (versteht sich)
wünsch ich ihm diesmal Glück.
Tatsächlich, er schafft es.

Ich bin der Weinkenner am
Tisch. Er gießt mir ein bißchen
ins Glas, ich nippe daran,
warte einen Moment, nicke
ihm zu.

Den Rest des Abends
unterhalten sich die anderen
als wär ich gar nicht da;
doch was ich von der Unter-
haltung mitbekomme, macht mich
froh, daß ich davon
ausgeschlossen bin.

Dann bezahle ich die Rechnung
gebe 20 Prozent Trinkgeld
und wir gehen raus auf den
Parkplatz. Die anderen sind
überzeugt, daß sie sich so
zivilisiert benommen haben
wie es sich in einem teuren
Restaurant gehört, und während
die Lakaien losrennen, um

unsere teuren Schlitten zu holen, frage ich mich, was der Kellner jetzt mit den zwei Flaschen machen wird. Ich puhle vermurkste Korken immer raus und trinke den Wein mit Bröseln und allem.

Mittlerweile wartet meine Frau darauf, daß wir im Auto allein sind, damit sie mir sagen kann wie mies ich den Kellner behandelt habe und ob ich denn nicht weiß, wie man sich in der Öffentlichkeit benimmt.

Und ich werde dazu schweigen.

EIN HEFTPFLASTER FÜR DIE SEELE

Was uns aufreibt
erklärte ich ihm
ist unser Gewissen.

Nein, nein, das hab ich
nicht gemeint, sagte er.
Ich meine, ich wache auf
mit einem guten Gefühl,
voller Tatendrang, ver-
stehn Sie, egal was
kommt, und das erste
Wort, das sie zu mir sagt
ist so daneben und gemein
und stupid, verstehn Sie,
da bin ich restlos
deprimiert und der ganze
Tag ist mir versaut.

Was uns schlaucht, sagte
ich, sind unsere über-
steigerten Erwartungen.

Oder, fuhr er fort, ich
hab den ganzen Tag meinen
Job gemacht, das ist schwer
genug, aber ich habs hin-
gekriegt, dann fahre ich
zuhause die Einfahrt hoch und
denke: So, jetzt zum angenehmen
Teil. Ich steige aus, komme rein
und da sagt sie was, das über-

haupt nichts zu tun hat mit
ihr oder mir, verstehn Sie,
es ist einfach total
widerwärtig und kraß, und schon
ist auch dieser Abend und
meine ganze Stimmung futsch.

Sie hören sich an wie ein
Nörgler, sagte ich.

Soll das heißen, Ihnen
passiert so was nicht?
fragte er. Ich meine,
mit ihrer Frau?

Nie, sagte ich.

Keine Probleme? Sie
achtet Sie?

Sie betet mich an, sagte
ich. Wie ich gehe und
rede, meine Aura, die
ganze Chose.

Das glaub ich Ihnen nicht.

Sollten Sie auch nicht,
sagte ich.

Wieso sind Frauen so?
fragte er.

Aus Liebe. Weil sie sich
sorgen.

Vielleicht wärs besser
sie würden uns hassen, hm?

Tun sie ja, sagte ich.

Ich wollte, sie würden uns
wenigstens mit dem gleichen
Respekt begegnen wie jedem
Wildfremden, meinte er.

Das würden wir nicht aushalten.

Sie meinen, wir bekommen
was wir brauchen? fragte
er.

Wir brauchen, was
wir bekommen, sagte
ich.

Und das ist alles?

Für heute ja, sagte ich.
Ihre Stunde ist um.
Macht 150 Dollar.

Ich glaube, Sie haben
mir noch ein paar
Probleme mehr
gemacht, sagte
er.

Möglich, sagte ich.
Und deshalb sollten

Sie nächste Woche
wiederkommen.

Ja, wahrscheinlich
sagte er.

Also bis dann, sagte
ich. Wiedersehn.

IMMER DEM FUCHSBALG NACH

Das vollkommene Gedicht
wird nie einer schreiben.

Es ist 11 Uhr vormittags
ich setze aus der Einfahrt
raus, ein Stück den Berg
rauf, winke meiner Frau
fahr die Straße runter und
in die Welt.

Das vollkommene Gedicht
wird nie einer schreiben.
Nicht hier, nicht
sonstwo, nicht auf
ein Blatt Papier
auf die Straße
an die Mauer
in Paris
in Peru
im Männerklo
im Wartesaal
auf eine Plakatwand
auf einen Stecknadel-
kopf. Nie wird jemand
das vollkommene Gedicht
schreiben.

Dafür
wollen wir
den Göttern
dankbar
sein.

FREEWAY

Die sieben Sonnen wurden
blaß und verschmolzen
zu einer, der letzte
Tümmler kam an die
Oberfläche, als ich in den
fünften Gang schaltete
und es aufnahm mit dem
Mann im weißen Porsche
(neuestes Modell)
Trommeln dröhnten in
meinem Hirn, ich spürte
mein Blut bis in die
Zehen, als ich das Gas-
pedal durchtrat bis auf
den Boden; zentimeterweise
holte ich auf, und
Mount Shasta explodierte
in einen herrlichen
Tag.

DIE NEUEN OBDACHLOSEN

Seit zwölf Jahren fahre ich
durch diese Straße mit ihren
Bäumen, den teuren Häusern
den Reitwegen, dem satten Aroma
von Geld und Geborgenheit;
doch jetzt, in dieser mehr als
seltsamen Zeit, bricht plötzlich
etwas weg, und für manchen
nicht ganz so Reichen
beginnt eine lange düstere
Rutschpartie.
Nicht alle hier sind
betroffen, aber in der Zeitung
war heute zu lesen, daß ein Teil
der 850 000-Dollar-Anwesen
auf einer planierten
Müllkippe steht. Einfahrten
brechen auf, Gärten senken sich
ab, Risse in den Mauern, die
Fundamente geben nach.
Nachts hört man schon mal
einen dumpfen Knall – aus
Erdspalten dringen Gase, leicht
entflammbar, vielleicht auch
toxisch. Die Bäume
sterben ab, in den Gärten
wächst nichts mehr. Die Häuser
sind unverkäuflich, aber
die Grundsteuer bleibt
dieselbe.
Selbst die Reitwege

wellen sich bedenklich.
Die Pferde bleiben in ihren
baufälligen Ställen.

Diese Leute dachten mal
sie hätten einen guten
Riecher gehabt und ihre
Chance genutzt. Jetzt
sind sie ruiniert, und die
Baulöwen und Makler, denen
sie aufgesessen sind
haben sich längst in ein
behaglicheres Klima
abgesetzt.

America the Beautiful
ist auf einmal häßlich
geworden. Ein ums
andere Mal, so
oder so, werden einige
immer wieder
klassisch
abgezockt.

DAS BRINGT NICHTS

Triviale, piefige Klagen
immer wieder vorgebracht
können einen Heiligen
wahnsinnig machen, erst recht
einen gewöhnlichen braven
Sterblichen wie mich; und
schlimmer noch: Die Plärrer
merken es gar nicht, bis man
es ihnen schließlich sagt
und selbst dann noch
wollen sie's nicht
wahrhaben.
Es führt zu nichts.
Nur wieder ein Tag
vertan, in den
Arsch getreten,
verstümmelt.
Während mein Buddha
schmunzelnd in seiner
Ecke sitzt.

KEINE SORGE

Nach einem Tag auf der Rennbahn
ein paar Bahnen im Pool
geschwommen, dann fünf Minuten
ins Jacuzzi, unter die Dusche,
die Post durchgesehen (nicht
besonders interessant); dann
erzählt das gute Eheweib
etwas von ihrem Tag, die
sieben Katzen begrüßen
mich, eine nach der
anderen, und der
Abend hat begonnen.

Von der puren Hölle
zu so etwas. Kann ich
es ertragen?
Kannst du es?

Keine Sorge.
Die Hölle kommt wieder,
stärker denn je; sie wird
mich wiederfinden, älter
geworden, fetter, und ich
werde es dir berichten
lieber Leser, in der
gewohnten Weise.

EIN INTERVIEW

Was würden Sie tun, wenn Sie
noch fünf Minuten zu
leben hätten? fragte er.

Gar nichts.

Wirklich?

Ja.

Na schön. Mal angenommen
Sie hätten noch zwei
Wochen zu leben?

Auch nichts.

Also kommen Sie! Jetzt
mal im Ernst!

Ist doch mein Ernst.
Glaub ich jedenfalls.

Also gut. Und wenn Sie noch
zwei Monate hätten?

Entweder eine Bank überfallen
oder Wasserski lernen.

Sie nehmen die ganze
Sache nicht ernst.

Tja, was würden Sie denn machen, wenn Sie noch zwei Monate zu leben hätten?

Na, ich würde Tag und Nacht saufen und ficken.

Okay, schreiben Sie das auch für mich hin.

Jetzt sprechen Sie meine Sprache! sagte er.

Für einen, der nur noch zwei Monate zu leben hatte, wirkte er sehr zufrieden.

UNSTERBLICHE TOMATE

Die Lady mit dem ewig
jugendlichen Aussehen
hat ein Problem. Die
berühmte Klinik, in der
sie sich seit Jahren das
Gesicht liften läßt, will
nicht mehr.
Die Gesichtshaut ist
inzwischen so straff wie
ein Luftballon kurz vor
dem Platzen. Sie
wollen nicht riskieren
daß sie nochmal in eine
Kamera lächelt und
explodiert wie eine Tomate
mit einem Kanonenschlag drin.
Über die Linse und
das ganze Team.

Arme Puppe.
Sie ist nur noch
ein altersloser Star
von vielen.
Trotzdem. Sie
wird nie sterben:
Filme halten länger
als wir.

ES IST NIE ZU SPÄT

Ich möchte sein wie der
Mann, der heute abend ins
Restaurant kam. Er parkte
direkt vor dem Eingang und
blockierte mehrere Wagen;
knallte die Fahrertür
zu, kam rein, das Hemd
über seinem dicken Wanst
hing ihm aus der Hose
und als er den Oberkellner
sah, rief er »He, Frank,
besorg mir 'n gottverdammten
Tisch am Fenster!« Und
Frank lächelte und
lief neben ihm her.

Ich wäre gern
wie der.
Auf meine Art
klappt es nicht.
Schon seit mehr
als siebzig
Jahren.

DA HABEN SICH ZWEI GEFUNDEN

Er ist ein Schrank von einem Kerl.
Wenn er mich besuchen kommt, setzt
er sich in den großen Sessel und
brennt sich eine Zigarre an
und ich hole den Wein.
Der Große schluckt drauflos
und ich schlucke mit. Er
sagt nicht viel. Er ist
ein stoischer Mensch.

Wenn andere vorbeikommen
sagen sie: »Mensch, Hank, was
siehst du bloß in dem Kerl?«
Und ich sage: »Hey, er ist
mein Held. Jeder braucht
einen Helden.«

Der Große pafft nur Zigarren
und trinkt. Er steht nie auf.
Muß anscheinend nie pissen.
Würde ihn nur ablenken.

Er raucht zehn Zigarren pro
Abend und zecht mit mir um
die Wette. Er zuckt mit
keiner Wimper.
Ich auch nicht.

Sogar wenn wir uns über Frauen
unterhalten, sind wir einer
Meinung.

Es ist am besten, wenn wir
allein sind, denn mit anderen
redet er kein Wort.
Am nächsten Morgen erinnere
ich mich nie, daß er
gegangen ist. Ich sehe nur
seinen leeren Sessel, die
ganzen Zigarrenstummel
und leeren Flaschen.

Am meisten gefällt mir
an ihm, daß er nie das
Bild trübt, das ich
von ihm habe. Er ist
ein knarziger Hundesohn
und ich bin auch einer
und wir treffen uns
so alle drei Monate und
ziehen unsere Nummer ab.

Jedes bißchen mehr
würde über unsere
Kräfte gehn.

GLASBRUCH AUS LIEBESKUMMER

Ich bin im oberen
Stockwerk, in Schlaf-
anzug und Bademantel, es
ist ein Uhr morgens, da
höre ich es: Eine Frau schreit
als ginge es ihr ans Leben;
dazu dumpfes Poltern und das
Splittern von Glas. Es klingt
schlicht brutal.
Ich gehe die Treppe runter
und vorne raus. Meine Frau
bleibt vor dem Fernseher
sitzen.
Ich geh nach vorn zur
Straße; auf der anderen
Seite, 3 Häuser weiter
unten, steht ein rotes Auto
halb in der Einfahrt, halb
auf der Fahrbahn. Das
Kreischen geht weiter.
Und das dumpfe Poltern.
Dann springt jemand in das
rote Auto, reißt das Lenkrad
herum und braust die
abschüssige Straße runter.

Der Dicke vom Haus an der
Ecke kommt zu mir herüber.
»Scheiße, was'n los?« frage
ich ihn.

»Der Typ da unten hat seiner
Freundin sämtliche Scheiben
von ihrem Auto eingetreten.«

»Heiliger Strohsack ...«

Dem Dicken haben sie vor sechs
Monaten mitten in der Nacht
das Auto mit Kugeln
durchsiebt.

In der Nachbarschaft
ist nichts mehr
wie es war.

Jetzt kommt da unten ein
Wagen rückwärts aus der
Einfahrt und donnert im
Rückwärtsgang die steile
Straße hoch. Oben
hält er, mit laufendem
Motor und ausgeschalteten
Scheinwerfern.

Unten fährt mit zuckendem
Blaulicht ein Streifen-
wagen vor. Die Cops
steigen aus und reden
mit den Bewohnern.

Der Typ da oben läßt den
Motor aufheulen, haut den
Gang rein und rast mit
Vollgas bergab, dicht

an den Bullen vorbei.
Die hechten in ihren
Streifenwagen und rasen
ihm nach.

»War nett, dich zu sehn«
sage ich zu dem Dicken.
»Ich bin übrigens Hank.«

»Und ich Eddie.«

Wir schütteln uns die Hand.

»Muß wieder rein, Eddie.
Meine Frau beruhigen ...«

»Ich auch, Hank.
Paß auf dich
auf.«

»Du auch, Eddie.«

Ich gehe die Einfahrt
rauf und ins Haus.

»Was war denn?« fragt sie.

»Liebeskummer.«

»Verletzte?«

»Glaub nicht.
Noch nicht ...«

Ich setze mich zu ihr
auf die Couch. Sie
sieht sich die
David-Letterman-Show
an.

Dave weiß mal wieder
von gar nichts und
grient in die Kamera.
Ich stehe auf und
hole mir eine Flasche
Wein.

HOMO LUDENS

Letzten Sonntag waren wir
beim Japaner. Sie bestellte sich
einen Tee, ich eine Flasche Bier.
»Ohne Glas«, sagte ich zum
Kellner. Er blieb stehen und
fragte nach: »Ohne Glas?« Und
ich sagte: *»Jaaa.«*
Ein paar Gäste drehten sich
nach mir um.
Als das Bier kam, setzte ich
die Flasche an und trank
einen langen Schluck. Der
Kellner kam wieder und
lächelte verlegen. »Nicht
doch ein Glas?«
»Danke, nein«, sagte ich.
Wir bestellten unser Essen.
Als er weg war, sagte sie:
»Bitte laß dir ein Glas
bringen, Hank.«
»Ich trink mein Bier
lieber so«, sagte ich.
»Ich werd hier keinen
Bissen runterkriegen«
sagte sie.
Ich genehmigte mir noch
einen Hit. Diesmal ragte
die Flasche steil nach
oben, als würde ich auf
einem Kornett das
hohe C blasen.

»Drecksack«, sagte
meine Frau.
Ich lächelte.
Gott nee, so was von
ungehobelt. Und es war
erst neun Uhr abends.
Noch soviel Gelegenheit
richtig in den Fettnapf
zu treten, dachte ich.
Und gähnte.

GLASGOW

Du meinst in Schottland?
fragte er.
Ja, da schick ich ein paar
Gedichte hin, sagte ich.
Was? Die haben dort
Zeitschriften?
Gibts doch überall, sagte
ich. Zeitschriften. Autoren.
Sogar deine Mutter schreibt.
Und einen wunderbar drallen
Arsch hat sie auch.
Na, na, meinte er. Mal
langsam, du. Mit dir
werd ich jederzeit
fertig!
Ah ja?
Und wie, sagte er.
Auf was wartest du noch?
sagte ich. Nichts als
Luft zwischen uns.
Nur zu.
Du hast 'n großes Maul
sagte er.
Und deine Mutter hat 'n
dicken Arsch, sagte ich.
Was redest du dauernd vom
Arsch meiner Mutter? wollte
er wissen.
Weil das alles ist, was ich
von ihr seh, wenn ich
sie sehe, sagte ich.

Die wollen dein Zeug nicht
in Schottland, sagte er. Und
ich find dein Zeug auch
nicht gut.

Es war ein windiger Dienstag-
nachmittag. Wir saßen in
einem Strandcafé und
tranken grünes Bier.
Wir waren beide Schrift-
steller, aber er war
nicht so gut wie ich, und
das ärgerte ihn.

Seine Mutter kam zurück
und setzte sich wieder
zu uns. Sie war auf dem
Klo gewesen.

Mary, sagte ich, ich schick
ein paar Gedichte nach
Schottland.

Bestell mir noch ein
Bier, sagte sie.

Ich winkte den Kellner
heran und bestellte
noch drei.

Mary spuckte auf den Boden
und steckte sich eine
Zigarette an.

Mary, sagte ich, hat dir
schon mal einer gesagt
daß du wunderschöne Augen
hast? Wie Leuchtfeuer im
Nebel.

Ah ja? sagte sie.

Mom, sagte der Kollege, dem
darfst du nichts glauben.

Tu ich aber, sagte sie.

Und einen fabelhaften Arsch
hast du auch, sagte ich.

Und du hast ne Visage wie
ne Hyäne, sagte sie.

Danke, Mary.

Es war ein windiger sinnloser
Nachmittag, die Möwen waren
halb verhungert und stink-
sauer, sie kreisten und
quäkten, landeten auf dem
Strand, pickten ungenießbares
Zeug auf, spuckten es wieder
aus, stiegen auf, schrecklich
schön, auf eine unwirkliche
Art, und ich hatte noch die
Hälfte meines Chicken-
Sandwich über, warf es aus
dem Fenster, und die Möwen

stürzten sich darauf, und
die Wellen rollten herein
und die Fische schwammen
und wir hockten da, mit
unseren Schuhen und
Klamotten, und ich schrieb
besseres Zeug als er, aber
dazu war nicht viel nötig,
es spielte eigentlich keine
Rolle; dann saute sich Mary
mit einem Schwall Bier ein,
stand auf und putzte mit
einer Serviette an sich rum
und ich sah wieder nichts als
Arsch; während die Brecher
schäumten und ich dasaß
mit meinem größten Steifen
seit 1968.

UHU

Heute abend habe ich einen
Uhu gesehen. Es war mein
erster. Er hockte auf dem
Telegraphenmast; meine Frau
leuchtete mit der Taschen-
lampe hoch – er rührte
sich nicht, saß einfach
da, voll angestrahlt, mit
phosphoreszierenden
Augen.

Mein erster Uhu. Mein
San-Pedro-Uhu.

Dann klingelte das
Telefon.

Wir gingen rein. Es
war jemand, der uns sein
Herz ausschütten wollte.

Endlich war es
ausgestanden. Wir
gingen wieder raus.
Der Uhu war nicht
mehr da.

Zum Kotzen, diese
einsamen Herzen.

So einen Uhu sehe ich
vielleicht nie wieder.

DREI SCHWARZE

Nach dem vierten Rennen
stehe ich an einem Tisch
und tüftle meine nächste
Wette aus.
Ich sehe sie kommen, den
Gang runter; der größte von
den dreien streift mich,
rempelt mich ein bißchen
mit dem Ellbogen.
Nach ein paar Metern
dreht er sich um und
schaut zurück; will sehen
wie ich reagiere.
Sein Gesicht ist
ausdruckslos.
Meines auch.
Er geht weiter.

Etwas an mir hat ihn
gestört – die weiße
Haut.

Bruder, damit mußt du
dich abfinden.

Hast du ein Auto?
Welche Farbe?

Na bitte. Das
hat auch keiner
gefragt.

PASST

Alter Kerl, klein, vielleicht
67, schlohweißes Haar (das ist
noch das beste an ihm), in der
Hand einen Styropor-Becher
voll Kaffee, schlurft zu seinem
Sitz. Die Landsleute links und
rechts kennen ihn. »Was mir
an euch Burschen gefällt«, sagt
er, »ist euer Sinn für Humor.«
»Klappe, Eddie«, sagt einer.
Er setzt sich zu ihnen.
»Braucht hier einer ne Frau?«
»Deine bestimmt nicht, Eddie.«
Noch 15 Minuten bis zum
ersten Rennen. Schweigend
beugen sie sich über ihr
Rennprogramm.
Von meinem Platz aus
sehe ich nur ihre
Nacken, ihre alten
Mäntel.
Ich weiß nicht warum
aber sie kommen mir vor
wie Vögel auf einem
Draht.
Sie sind fünf Tage
die Woche da.
God Bless America.
Ich stehe auf, und
auf dem Weg zum Klo
denke ich: Mein Alter wäre

bestimmt entgeistert, wenn
er mich heute sehen könnte:
Gestandener als ein
Metzger, abgeklärter als
ein Satz Spielkarten,
unerreichbar für die
mürrische salzige Sonne.
Yeah.

DER ALTE KNACKER
IN DER PIANO-BAR

Er weiß nicht, wie schlecht er
ist. Wahrscheinlich ist er mit
dem Besitzer verwandt.

Er sitzt am Klavier und klimpert
auf die abgestandenste Art
Sachen von Jerome Kern, Scott
Joplin und Gershwin.

Niemand klatscht, niemand
wünscht sich was. Alle
kauen oder unterhalten sich.

Mir tut er nicht leid.
Er hat ja auch mit mir
kein Mitleid.

Zu seinem Job gehört
die Gäste zu begrüßen
die reinkommen, und ihnen
gute Nacht zu wünschen
wenn sie gehen. Während
er unverdrossen klimpert.

Doch manchmal, wenn ich
an meinem Tisch sitze, habe ich
einen Wachtraum. Ich sehe es
richtig vor mir:
Ein Fremder in einem schwarzen
Mantel, den Borsalino-Hut tief

in die Stirn gezogen, greift
in die Tasche, holt einen
45er Colt raus und gibt
vier Schüsse ab.
Zwei ins Klavier, zwei
in den Spieler.
Dann ist es wieder
still.
Der Mann steht langsam
auf und geht.
Die Gäste reden, lachen
trinken und kauen weiter.
Der Kellner kommt an
meinen Tisch und fragt:
»Mit allem zufrieden, Sir?«
Und ich sage: »Alles
bestens.«
»Danke, Sir«, sagt er
und trollt sich.
Während draußen in der
Nacht eine jaulende
Sirene näher und
näher kommt.

DAS MODERNE LEBEN

Wieder ist ein Gedicht im
Computer verschwunden.
Ich glaube nicht, daß es
was Unsterbliches war.
So wenig wie der Tag und
der Abend.
Nicht, wenn du nur noch
weißt, daß das Pferd Nr. 4
beim Start den Jockey in
Gelb abgeworfen hat
während der Mann vor dir
wie ein Straßenköter
einen Hotdog mampfte
und der Aktienindex
runterging und
van Gogh
rauf.

NÄCHSTE LEERUNG

Ein Schizophrener
aus Texas schreibt
mir von seinen
Problemen:
Er hört Stimmen
ist verrückt nach
Beckett, und sein
Psychiater läßt ihn
zu lange im Warte-
zimmer hocken.

Er liegt seiner
Mutter auf der
Tasche und
interessiert sich
für die Softball-
Frauenliga.

Außerdem hat er
kürzlich den
zweiten Preis in
einem Chili-
Kochwettbewerb
gewonnen.

»Sie sollten mal
nach Austin kommen«
schreibt er. »Würde
Ihnen gefallen ...«

Ich stecke seinen
Brief zu den anderen
Zuschriften von
Schizophrenen.

In Austin war
ich schon.

TATTERGREISE

Ich sehe diese Tattergreise
auf der Rennbahn, sie sind
krumm, gehn am Stock, ihre
Hände zittern. Ich fahre
auf der Rolltreppe mit ihnen
rauf. Wir reden kein Wort.
Ich bin älter als die
meisten von ihnen und
frage mich, warum bei ihnen
schon das Licht aus ist.
Oder hoffen sie noch immer
auf den Pulitzerpreis, oder
daß sie nochmal die Hände
an jungfräuliche Titten
kriegen?
Warum bringen sie's nicht
einfach zu Ende und
verrecken?
Verdammt, ich bin jederzeit
dazu bereit, ich nehme sogar
zwei oder drei von ihnen
mit, ein halbes Dutzend, ein
ganzes. Runzlige bleiche
Haut, schlecht sitzende
Gebisse – sollen sie doch
brettsteif werden und
Platz machen für frische
saubere Blitzstarter.
Wozu noch rumhängen?
Für das letzte Kapitel

mit der Bettpfanne? Für
die Krankenschwester mit
dem Fernseh-Hirn, die
Hälfte ihres Gesamt-
gewichts verteilt auf
Schenkel und Arsch?

Warum die Alten ehren?
Ist doch nur die Sturheit
der Gene, ein Trick
um eine Leere noch länger
gähnen zu lassen.
Die meisten haben sowieso
nur feige und unterwürfig
gelebt.
Warum nicht die Jungen
ehren? Denen ihr Leben
ist erst ein bißchen
angefault.
Warum überhaupt welche
ehren. Aber wenn's schon
sein muß: Die Alten
bitte nicht.

Den nächsten Krieg sollten
die Alten unter sich
ausfechten, während die
Jungen trinken und träumen
und lachen.

Diese alten Wichser mit
ihren 2-Dollar-Wetten.
Es ist, als wären sie

längst tot und würden
sich im Grab umdrehen
um eine bequemere Lage
zu finden.

COOLES PELZTIER

Craney ist einer unserer
dicksten Kater. Wenn er
schlafen will – so gut wie
jeder Platz ist ihm recht –
fläzt er sich immer auf
den Rücken und streckt
alle Viere in die Luft.

Er weiß, wir werden
nie auf ihn treten.

Aber er weiß nicht
wie schlecht und
nervös wir Menschen
schlafen. Und
leben.

DAS NENNST DU ALT?

Im August werde ich 73.
Beinahe Zeit, meine Sachen
zu packen für den Abflug
in die Finsternis.
Doch zwei Dinge halten
mich davon ab.

Erstens, daß ich noch nicht
genug Gedichte beisammen
habe. Und zweitens
der Alte im Haus nebenan.

Er ist 96.

Wenn er meine Frau sieht
klopft er mit seinem
Spazierstock von innen
an die Fensterscheibe und
wirft ihr eine Kußhand zu.
Er ist hellwach; gut
zu Fuß; hält sich
kerzengerade.
Gut, er sieht zuviel
fern – aber tun wir
das nicht alle?

Ich besuche ihn
ab und zu. Er redet
gern. Seine Geschichten
sind gar nicht schlecht.
Er neigt dazu, sich zu

wiederholen, aber auch
beim zweiten Mal ist es
fast noch lohnend.

Einmal war ich bei ihm
da sagte er: »Ich werde
bald aus den Latschen
kippen …«

»Ach, ich weiß nicht«
sagte ich.

»Doch. Sagen Sie, hätten
Sie gern mein Haus?«

»Hm. Klar. Ist ein
schönes Haus.«

»Ich weiß nicht, ob Sie
mir geben können, was
ich dafür will …«

»Ich auch nicht. Schlagen
Sie mal was vor.«

»Ich geb es Ihnen für
ein neues Paar Eier.«

Wenn der mal stirbt
wird er eine enorme
Lücke hinterlassen.
Die wird schwer zu
füllen sein.
Wenn du verstehst
was ich meine.

DAS UNGEHEUER

Wir trafen uns mit
Paul und Tina in
einem Lokal am
Hafen.

Nach dem Essen
schlug ich vor
bei uns noch was
zu trinken.

Sie fuhren uns
in ihrem Mercedes
nach.

Beim Trinken
kamen wir auf
Politik und
Religion zu
sprechen.
Ich sah Paul an
und stellte fest
daß er ein Gesicht
aus Pappe hatte,
mit Murmeln als
Augen.

Dann sah ich
mich, im Spiegel
auf dem Kaminsims:
Ich hatte den
Schädel eines
Alligators.

Ich goß die
Gläser wieder
voll.

Die Unterhaltung
verlagerte sich auf
das Leben nach dem
Tod, Abtreibung, die
Russen.

Dann erzählte jemand
einen ausländerfeindlichen
Witz, und der Abend
war gelaufen.

Wir brachten die beiden
zur Tür. Sie stiegen
in ihren Mercedes
und fuhren rückwärts
die Einfahrt runter.

Wir winkten.
Sie tippten kurz
das Fernlicht an.
Wir gingen
rein.

»Wer weiß«, sagte
ich, »was die jetzt
von uns halten.«

»Und was halten wir
von ihnen?« fragte
Sarah.

»Gar nichts.«

»Ist es dir nicht
aufgefallen?«

»Was?«

»Manchmal hast du
einen Schädel wie
ein Alligator.«

»Ja, ist mir schon
aufgefallen ...«

»Wir haben
überhaupt
keine Freunde«
sagte sie.

JAZZ

Du stellst dir vor
daß es jeden Augenblick
passiert, du kannst es
in den Fingerspitzen
spüren, es kriecht an den
Wänden hoch, während die
Jazz-Combo sich rein-
steigert, von einem Chorus
zum nächsten, wie Brandungs-
wellen, sie jagen einander
hoch und höher, du kannst
trinken, ohne benebelt zu
werden, du rauchst endlose
Zigaretten an deinem
Ecktisch, immer mehr
Energie baut sich auf ...
Trinken, Qualmen, Zuhören,
die Stadt da draußen, die
Welt – wenn es eine
Antwort gibt, dann
hier.
Verdammt, du willst
nicht einmal pissen
gehn; klemmst lieber
die Beine zusammen; es
wird passieren, wie in
den zwanziger Jahren
in Kansas City ...
Baby, ich geh hier
nicht mehr raus, sie
werden mich vom Stuhl

kratzen müssen ... Da!
Jetzt ist es soweit!
Jetzt passiert's ...
Endlich ...

SAGENHAFT

All right, laß es
regnen, laß es
platschen, aufs Dach
prasseln. Ich höre es
und weiß, daß es alte
und neue Schmerzen
lindert, es erinnert
einen auch immer an
Zeiten, als es regnete
und man kein Dach über
dem Kopf hatte, das
vergißt man nie.

Es wird die ganze Nacht
regnen, und wir werden
schlafen, verhext vom
dunklen Wasser
während das Blut
sich durch unser ge-
schwächtes Leben
pumpt.

Laß sie runter-
regnen, die
himmlische
Brühe.

Ein schlampiger Essay über das Schreiben und das verfluchte Leben

In den Jahren, als ich mich noch für ein Genie hielt und hungerte und keiner was von mir drucken wollte, verbrachte ich so manchen Acht-Stunden-Tag in der Stadtbibliothek. Am besten war es, wenn ich einen freien Tisch am Fenster erwischte, wo mir die Sonne ins Genick schien. Da machte es mir auch nicht mehr viel aus, daß die Bücher, die mich von den Regalen anstarrten, todlangweilig waren.

Alles wurde auf einmal ganz erträglich. Ich konnte träumen und dösen und mir einbilden, ich müßte nie mehr an Miete und Essen und Amerika und Verantwortung denken. Ob ich ein Genie war oder nicht, war weniger entscheidend. Ich wollte ganz einfach nicht mitspielen.

Der animalische Drive und die Energieleistungen meiner Mitmenschen gaben mir nichts als Rätsel auf. Ich verstand nicht, wie einer den ganzen Tag Autoreifen wechseln oder einen Speiseeiswagen durch die Gegend schieben oder für den Kongreß kandidieren oder einem anderen – als Arzt oder Mörder – den Bauch aufschlitzen konnte. Das ging mir völlig ab. Ich wollte mich nicht darauf einlassen und will es bis heute nicht.

Jeder Tag, um den ich dieses Leben und dieses System bescheißen konnte, war für mich ein Sieg. Ich soff, ich übernachtete in Parks und dachte ab und zu an Selbstmord, und das verschaffte mir eine gewisse innere Ruhe. Die Vorstellung, daß der Käfig für mich noch nicht endgültig zu war, gab mir sogar die Courage, noch eine Weile länger im Käfig herumzugammeln.

Verdammt nochmal, hatte nicht mein eigener Vater zur Rechtfertigung seiner Existenz am Ende nur den trivialen Beweis geliefert, daß es möglich ist, ein Leben lang zu schuften, ohne auf einen grünen Zweig zu kommen?

Sein Lohn ging für den täglichen Kleinkram drauf, für Autos und Betten, Radios und Essen und Klamotten, und genau wie die Frauen, mit denen er sich seine Seitensprünge leistete, verlangten auch diese Sachen einen überhöhten Preis und sorgten dafür, daß er arm blieb. Aber selbst sein Sarg war noch ein sturer grotesker Tribut an das, *was sich gehört*. All das schöne Mahagoni, für das er extra gespart hatte: Futter für die Holzwürmer der Hölle.

Andererseits, es konnte einer stinkreich werden, und auch das bedeutete nichts. Nur, sag das mal einem amerikanischen Zeitgenossen.

Na schön, dann lacht mich eben aus. Ihr könnt mir soviel Geld rüberschieben, wie ihr wollt, und ich werde trotzdem dabei bleiben, daß es nichts ist und nichts bedeutet. Wenn die Reichen unsere Herrenrasse sind, will ich hier schnellstens raus.

Dort im Lesesaal der Los Angeles Public Library, in der Sonne, mit knurrendem Magen und dumpf räsonierendem Brummschädel, kam mir alles hoch: Der Scheißkrieg, die Öde, der Tod, das Summen der Fliegen. Wie sollte man sich damit abfinden? Und warum? Wo blieb da noch Platz für Illusionen?

Hier saß ich, Tag für Tag, umgeben von all den Büchern, die das gesammelte Wissen der Menschheit enthielten und merkwürdig selten ausgeliehen wurden. Die konnten das Rätsel anscheinend auch nicht lösen. Oder doch?

Komm schon, wenigstens hast du vier Wände um dich und keine grüngestrichenen Brückenträger und harten Parkbänke. Warum nicht die Regale durchsehen?

Ich begann mit Philosophie und Religionsgeschichte, und als ich mich zur Gegenwart vorgearbeitet hatte mit ihren dickleibigen Folianten der New York Times, da hatten sich meine Überlebenschancen immer noch nicht gebessert, und die Rasiermesser und Gasherde und Brücken und Thomas Chattertons Rattengift empfahlen sich nach wie vor als naheliegende Lösung.

Tote Affären von toten Leuten mit toten Ansichten. Der alte Schwindel von einem Wissen, das gar nicht wirklich existiert und deshalb mit dem Tarnanstrich einer hochgestochenen Terminologie daherkommen muß. Eigentlich wurde da doch die meiste Zeit nur von Dingen geredet, die überhaupt nichts zu tun hatten mit mir. Und Ego hin oder her – was war schließlich wichtiger als ich? Hier tanzte ich buchstäblich auf dem Schüttelsieb des Todes, und die redeten von Napfkuchen im Schaufenster!

Ein Gebiet allerdings gab es, in das es mich reinzog. Was es an Antworten und Power gab, das schien in der Kunst des Schreibens zu liegen. Roman, Short Story, Gedicht. Die Idee, daß man ein Gedicht hinfetzen und etwas auf den Punkt bringen kann, hatte etwas Verlockendes. Das schien wirklich der kürzeste und knackigste Weg zu sein. Warum einen Roman schreiben, wenn man es in zehn Zeilen sagen kann? Warum zehn Romane schreiben, wenn man zehntausend schreiben kann?

Gut, *Schuld und Sühne* hätte sich nicht in zehn Zeilen sagen lassen. Die ersten drei Viertel dieses Wälzers gehören mit Sicherheit zu dem wenigen Lesefutter, das einen jungen ausgehungerten Irren in der Öde unserer öffentlichen Bibliotheken am Leben hält.

Trotzdem, sagte ich mir, das Gedicht ist der einsame Favorit auf der Zielgeraden. Daran führt nichts vorbei. Es wird das Rennen machen.

Natürlich geriet ich auch auf Abwege. Ich stieß zum Beispiel auf die kritischen Abhandlungen in der Kenyon Review und Sewanee Review, und aus irgendeinem Grund kommt einem dieses Zeug ziemlich gut vor, wenn man seit Tagen nichts gegessen hat. Ich nehme an, es lag an dem satten Gefühl, das da verbreitet wurde, an dem frischen Geruch von ungelesenen Seiten, an dieser musikalischen und effzienten Sprache, mit der man einen Dichterkollegen so locker absägen konnte.

Das lenkte ab vom Ernst des Lebens, und die Lektüre dieser gelehrten Literaturzeitschriften verschaffte mir flüchtige Augenblicke des Vergnügens. Aber letzten Endes war es doch nur ein Geplänkel, mit dem sie nichts riskierten. Die kranke Scheiße, die einem auf Schritt und Tritt begegnete, die gezeichneten und verhunzten Gesichter, die fast totale Sinnlosigkeit des Lebens

– für diese Leute schien das kein Thema zu sein.

Das ärgert mich, also fing ich selber an zu schreiben. Short Stories. Von Hand, weil ich keine Schreibmaschine hatte. Ich kann mir gut vorstellen, wie mancher Redakteur mitleidig lächelte, ehe er sie in den Papierkorb warf. Und wenn man sie mir zurückschickte, warf ich sie weg. Die einzige Ausnahme war Whit Burnett vom alten STORY Magazin, der auf eine eher beiläufige und amüsierte Art interessiert schien und schließlich eine nahm.

Also gut, dann eben doch Gedichte. Geht schneller und bringt auch nichts. Ich dachte daran, während ich mit den Reparaturkolonnen von der Eisenbahn westwärts in Richtung Sacramento fuhr. Ich dachte daran, während ich mir mit Staatsfeind Nr. 1, Courtney Taylor, im Zuchthaus die gleiche Zelle teilte. Und das nächste Mal dachte ich daran, als ich auf der Flucht aus einem zertrümmerten und versoffenen Zimmer einem Filipino mit einer geliehenen Reiseschreibmaschine eins über den Schädel gab.

Aber ihr wißt ja, wie es ist in Amerika. Irgendwann, irgendwo, in der Schule oder danach, bekommt man es hingerieben. Sie sagen dir, kurz und knapp, daß Dichter doch bloß Schwuchteln sind, also vergiß es, Mann.

Am College hatte ich mal aus Verlegenheit einen Kurs in *Creative Writing* belegt. Das *waren* Schwuchteln, Baby. Alberne, affektierte, lapprige Wundertiere. Sie schrieben Gedichte über allerliebste Spinnen und Blumen und Sterne und Familienpicknicks. Verglichen mit diesen

Schlaffis waren die Girls im Kurs die reinsten Bierkutscher, aber ihre Schreibe war genauso mies.

Der Dozent hockte im Schneidersitz auf einem gehäkelten Teppich, die Augen glasig vor Dummheit und Apathie, und sie versammelten sich um ihn und himmelten ihn an, die Weiber mit weiten wehenden langen Röcken und die Jünglinge mit ihren verkniffenen kleinen Ärschen, die vom letzten Besuch in der Sauna noch freudig nachzitterten. Sie lasen sich ihre Verse vor und kicherten und nölten rum und tranken Tee und aßen Plätzchen dazu. Ja, lacht ihr nur. Ich kam erst gar nicht dazu. Ich saß alleine an der Wand, hohläugig und verkatert, und kämpfte mit dem Schlaf.

»Bukowski«, fragte eines Tages der Dozent, »warum sagen Sie nie etwas? Was denken Sie?«

»Alles Stuß, sagte ich. »Seit Monaten höre ich hier nichts als Stuß.«

Und das war das beste Gedicht des ganzen Semesters.

Drei Wochen später, nach einigem Glück mit den Würfeln in der Kneipe an der Ecke, pennte ich am Strand von Miami und arbeitete stundenweise im Ersatzteillager von Di Pinna.

Es ist wie der alte Gag mit dem Wetter: Alle reden von Dichtung, und keiner tut was dagegen.

Tradition wird man schwer los, Sweetheart. Wenn du einen Kater hast, nimmst du ein Alka-Seltzer, und wenn du ein Gedicht schreiben willst, liest du dir nochmal deinen Keats oder Shelley durch. Oder W. H. Auden, falls du modern sein willst. Es stinkt wirklich zum Himmel.

Nennt mich einen Quadratschädel, wenn ihr wollt, einen kulturlosen Schluckspecht oder sonstwas. Die Welt, bzw. ein Leben, das ich mir nicht immer aussuchen konnte, hat mich geformt, aber nicht auf Null gebracht – und ich habe geformt, was ich konnte.

Ich habe auf meinen Schultern den blutigen halben Ochsen geschleppt, der vor einer Minute noch lebte, ich bin damit durch den Schmant gewatet und habe ihn an den stumpfen Haken an der Decke des Gefrierfleischtransporters gehängt; ich habe die verdreckten Toiletten im Fleischmann Building betreten mit einem nassen Mop in der Hand, als ihr schon wieder geschlafen habt; ich habe Besoffene gefilzt und bin selber gefilzt worden; ich habe vor einem Wettschalter der Pferderennbahn von Caliente auf den Knien gelegen, und ich habe an einer Pißrinne gestanden und mit dem Totschläger eins auf den Hinterkopf gekriegt, weil ich mich aus Versehen an eine Gangsterbraut rangeschmissen hatte.

Ich habe eine Frau mit einer Million Dollar geheiratet, die einen steifen Hals hatte und überzeugt war, daß keiner sie will; ich wollte ihr nur das Gegenteil beweisen, und dann habe ich sie wieder verlassen. Ich war Tankwart, habe in einer Hundekuchenfabrik im Akkord gearbeitet, Weihnachtsbäume verkauft und Lastwagen gefahren, und ein Bordell in Texas hat mich als Rausschmeißer angeheuert.

Ich habe ein Jahr auf einer Jacht gelebt, weil ich mir merkte, wie man den Hilfsmotor anwirft und weil die Freundin des alten einarmigen Irren, dem der Kahn gehörte, spitz auf mich war. Der

Alte bildete sich ein, er wäre ein Genie auf der Hammondorgel, und ich mußte ihm Libretti für seine verdammten Opern schreiben, obwohl ich vor lauter Tequila kaum noch den Griffel halten konnte, und das ging so, bis er starb, aber wozu noch den Rest erzählen.

Das Thema ist Dichtung.

Das Thema ist langweilig, solange diese komische Dichtung nicht aus sich rausgeht und sich am Riemen reißt. Whitman wäre wahrscheinlich noch ein bißchen effizienter gewesen, wenn er nicht so viel Zeit mit dem Abfummeln von jungen Matrosen vertan hätte. Aber das ist nicht der Punkt. Und jetzt sage ich etwas, was ich noch nie gesagt habe, aber ich bin inzwischen benebelt genug, um es über mich zu bringen: Seit Whitman hat uns in der amerikanischen Dichtung keiner mehr so die Augen geöffnet wie Allen Ginsberg. Und dieser *kleine jüdisch-kommunistische Homo*, wie ihn einmal ein rotznäsiger Kritiker genannt hat, schreibt 99,8% von euch angeblichen Schwergewichtlern jederzeit an die Wand.

Der Rest von euch, und wenn es nur einer oder zwei sind – ihr müßt den Unterschied machen. Ich schätze, ich schreibe ganz passables Zeug, wenn auch nicht annähernd gut genug. Ich werde langsam alt, trinke zuviel, rede zuviel, und es wird Zeit, daß endlich ein unwiderstehlicher bärbeißiger Dickschädel durchkommt und die halbstarken Burschen auf dem Schulhof dazu bringt, daß sie die Fäuste runternehmen und ihre Baseballschläger und Schnappmesser weglegen und sich mal was wirklich Starkes anhören – E. E. Cummings in Bronze, draußen vor der

Highschool und der Peep Show, wo ein hundertjähriger Ezra Pound, tätowiert mit chinesischen Schriftzeichen, aus dem Exil nach Hause kommt und zum Gouverneur von New Hampshire gewählt wird.

Alles ist möglich. Sogar, daß ich diesen Text zu Ende bringe. Und zwar –

So.

INHALT

I Der Mississippi bei Nacht

II Irgendwo in Texas

Anmerkung zur Edition

Der amerikanische Verlag hat die Angewohnheit, aus Bukowskis Nachlaß Gedichtbände von dreihundert und vierhundert Seiten zusammenzustellen. Die Texte stammen aus einem Zeitraum von mehr als zwanzig Jahren. Datierungen fehlen, sind aber in vielen Fällen bekannt. Deshalb hier einige Angaben:
Die schöne Dame – 1970; *Was für die Nachwelt* – Sommer 1981; *Weder Skakespeare noch Mickey Spillane* – 1985; *Das Warten hat sich gelohnt* – 1988; *Letzte Leerung* – Juli 1992; *Erstes Gedicht in Freiheit* – Juni 1993; *Rollkommando* – Juli 1993; *Wie ein Delfin* – August 1993; *Alptraum mit Richard Nixon* – Ende Dezember 1993. *Ein schlampiger Essay über das Schreiben und das verfluchte Leben* stammt aus dem Jahr 1966.
Einziges Kriterium für meine Auswahl war auch diesmal wieder: Qualität. Daß ich das Material der Originalausgaben nicht komplett übernehme, liegt daran, daß meine Vorstellungen von Qualität nicht so locker sind wie die der amerikanischen Herausgeber. Ich orientiere mich an Bukowskis eigenen Kriterien: Selbst im schönsten Schaffensrausch hielt er höchstens 50% seiner Gedichte für gelungen. Wenn er sehr streng mit sich war, ließ er nur noch zehn Prozent gelten.

Carl Weissner

I Der Mississippi bei Nacht

Titel der Originalausgaben: SIFTING THROUGH THE MADNESS FOR THE WORD, THE LINE, THE WAY; und THE FLASH OF LIGHTNING BEHIND THE MOUNTAIN. *ecco,* HarperCollins Publishers, New York 2003, 2004. (Auswahl)

II Irgendwo in Texas

Titel der Originalausgabe: BONE PALACE BALLET. Black Sparrow Press, Santa Rosa 1997. (Auswahl)